KB186788

메아리가 된 아스마 민중서사시
(에스페란토 - 한글 대역시집)

아스마(AŜMA)

리스쥔(李士俊) 에스페란토 옮김
장정렬 (Ombro) 옮김

번역정보

「아스마」(阿詩瑪)

*《阿诗玛--彝族民间叙事诗》(인민문학출판사, 1960년본, 作者: 李广田)(1953년 중국 윈난 인민문공단 소속 구이산(圭山) 회원들이 사니인(撒尼人) 언어를 채록해, 이를 중국어(한문)로 번역한 자료를 중국작가협회 쿤밍(昆明) 지부 재정리함)에서 에스페란토로 리스쥔(李士俊) 번역함

***국어번역 텍스트: 중국외문출판사 에스페란토번역본 (제1판(베이징, 1980), *2006년 수정본*)** 에서 국어로 장정렬(張禎烈) 번역함.

*지명과 고유명사의 한자 표기는 중국 리스쥔 님의 도움을 받음.

*중국어의 우리말 표기는 <최영애-김용옥 표기법(崔玲愛-金容沃 表記法)>에 따름.

에스페란토 - 한글 대역시집

아스마(AŜMA)

리스쥔(李士俊) 에스페란토 옮김
장정렬 (Ombro) 옮김

진달래 출판사
(Eldonejo Azalea)

아스마(Aŝma)
인 쇄 : 2023년 7월 20일 초판 1쇄
발 행 : 2023년 7월 27일 초판 1쇄
에스페란토 옮긴이 : 리스쥔(李士俊)
옮긴이 : 장정렬(Ombro)
펴낸이 : 오태영
출판사 : 진달래
신고 번호 : 제25100-2020-000085호
신고 일자 : 2020.10.29
주 소 : 서울시 구로구 부일로 985, 101호
전 화 : 02-2688-1561
팩 스 : 0504-200-1561
이메일 : 5morning@naver.com
인쇄소 : TECH D & P(마포구)

값 : 13,000원
ISBN : 979-11-91643-96-1(03890)

한국과 중국의
우의와 이해를 위해
에스페란토로
노력하는 분들에게
이 번역본을 바칩니다.
- 옮긴이

Al tiuj, kiuj klopodas
por amikeco kaj interkomprenîgo
inter Ĉinujo kaj Koreujo
per Internacia Lingvo Esperanto
la tradukon dediĉas

- Tradukinto.

Enhavo

차례

추천사

『아스마』, 내게 소중함을 보여주다

박용승(Nema)[1]

『아스마』를 접하며 그간의 몇 가지 일이 떠오르며, 하나로 정리되었습니다.

두 달 전 50여 년의 직장생활의 퇴임을 앞둔 독일 엔지니어가 제게 해준 한마디가 떠올랐습니다. 그는 어린 시절 기술공으로 일을 시작해 다국적기업 엔지니어로 여러 나라 현장에서 수많은 사람을 만났으며, 마지막으로 기술 이사로서 국제 엔지니어들을 지원해 왔습니다. 그는 자신이 걸어온 길을 행복하게 떠올리며, 저에게 한마디 말을 했습니다. —즉, ***"다른 사람들과 그 사람들 문화를 존경하라"***

다른 이의 문화를 존중하지 않으면 그 문화를 이해할 수 없고. 그 문화를 알지 못하면 그 사람을 알 수 없고, 그 사람을 알지 못하면 친구가 될 수

1) *역주: 한국에스페란토협회 부회장, 부산경남지부 지부장 역임.

없다는 것입니다.

그 뒤 저는 국제에스페란토교육자연맹(ILEI) 대회에 참석하고자 중국 윈난성 쿤밍에 갈 기회가 생겼습니다. 중국의 소수민족 중 대다수가 이곳 윈난성에 있다는 것과 그들이 여전히 자신들의 독특한 문화를 가진 채 살고 있다는 사실이 흥미로웠습니다.

대회장인 윈난성 쿤밍예술대학에서 '환영의 밤' 공연은 중국이란 나라가 얼마나 풍부한 문화 자산을 지녔는지를 세계에서 온 손님들에게 보여주는 자리였습니다.

여전히 비탈진 산에서 물을 대고 농사짓는 어떤 민족이 결혼식에서 젊은 남녀 한 쌍이 춤추던 모습이 아직 기억에 남습니다. 다리 굽혀 가까이 선 남녀가 서로를 바라보며, 주먹 쥔 양손을 자신의 가슴께로 올려 팔꿈치를 음악에 맞춰 아래위로 흔들며, 달리기에서처럼 팔을 오므려 앞뒤로 순서대로 흔들어 –한번은 남자 쪽으로, 한번은 여자 쪽으로 –그렇게 가까이 움직이며 그들의 아기자기한 애정을 표현하는 춤이었습니다.

처음 보는 내게 아주 부러운 춤이었습니다.

도시와 뚝 떨어진 산골에서도 그들은 그렇게 사랑의 감정을 표현하고 있음이 당연하지만 새롭게 느껴졌습니다.

중국이 외부에 자랑하는 대부분의 문화가 모여 있는 윈난에서 에스페란티스토들이 동서양 문화의 차이, 시각의 차이, 가치관의 차이를 두고 심포지움을 가졌습니다. 제가 10여 년을 유럽사람들과 업무를 함께 하며, 항상 닥치는 문제에 해결의 실마리가 될 수 있는 말을 들었습니다.

"아시아인은 상대방과의 관계를 더 중요하게 여기며, 유럽인은 관계에 앞서 옳고 그름을 구분함을 더 중요하게 여긴다".

우리는 더 많이 양보함으로 업무를 원활히 하고자 하는데, 왜 유럽사람은 불필요하게 따짐으로 업무를 더 힘들게 만드는가.

우리가 더 손해를 감수하고 해결하고자 해도 우리의 일 처리 방식이 정확하지 않아 복잡하게 만든다며 유럽인들이 불평하는가에 대한 답이 거기에 있었습니다. 저는 회사로 돌아와, 처음 배운 이 시각의 차이를 업무에 적용해보았습니다. 그것은 한국사람이 보기엔 매정한 일 처리와 인정사정 보지 않는 듯한 답변이었지만 오히려 독일인에게는 빠르고 깔끔하고 뒤끝 없는 일 처리로 돌아왔습니다. 유럽인의 사고방식이 어떠한지 파악하지만, 나의 기준으로 판단한 것이 이제까지의 방식이었다면, 그들이 중요하게 여기는 것이 무엇인가를 인정하고 그것을 하찮게 보지 않음이 해답이었습니다. 쿤밍의 그 심포지움 이후로 유럽인에 대한 저의 방식이 바뀔 수 있었고 업무의 진행에서 해답의 방법을 찾는 것이 한결 쉬웠습니다.

그 뒤, 제2차 태평양전쟁 당시에 일본군이 점령한 타이완섬에 사는 부족의 투쟁 이야기를 다룬

영화 1편을 보게 되었습니다. 제복을 입고 신식무기를 지닌 일본군은 맨발로 밀림을 다니며 얼굴에 문신한 원주민 전사를 야만스럽게 봅니다. 하지만 원주민 소년들에게는 그 문신은 자신이 성인 남자로서 용맹함을 인정받았음을 의미하는 성스러운 표식이기에 군인들이 가슴에 다는 훈장이나 계급과는 비교할 수 없는 가치였습니다. 어떤 곳에 어떤 모습으로 있든지 각 민족은 인간으로서의 가치관과 그것을 성스럽게 대함에 있어 동등하다는 것을 보여주는 영화였습니다. 다양한 민족의 삶의 모습과 그 속의 문화와 가치관들을 접하며 하나의 문명이 다른 문명을 야만으로 보고 야만이라 칭하는 것, 바로 그 자체가 야만임이 더 뚜렷해집니다.

중국 윈난이 적은 수효의 소수민족들이 독자적이면서도 다양하고 풍부한 문화를 이어오고 있음을 알게 되며, 중국에서도 아주 가난하다는 지역에 에스페란토 사용자로서 관심이 많이 생긴 차에, 옴브로 장정렬 님이 쿤밍에서 본 듯한 민속 의상을 입은 아가씨가 표지에 있는 『Aŝma(아스마)』라는 책을 저에게 건네주었습니다.

일레이 대회 기간 중 스린(石林)이란 명소 관광 안내하며, 버스 안에서 제 민족어의 인삿말을 에스페란티스토들에게 웃으며 가르친 이가 이족(彝族) 아가씨였기에 『Aŝma(아스마)』는 흥미로움을 더합니다. 결혼식에서 자기들의 언어로 항상 부르는 이야기가 아스마란 아가씨 이야기라니 이 민족은 무엇을 중요하게 여기며, 무엇을 자랑스럽게 기뻐하며 무엇을 슬퍼하는가가 그 속에 있었습니다.

숲과 호수가 묘사된 곳에서 작지만, 행복한 가족에서 태어난 아스마 이야기입니다. 이웃 마을에는 돈과 힘을 가진 권세 있는 부잣집도 있습니다. 마을 곳곳에 총명하고 아름답고도 착한 아가씨로 알려져 있는 아스마를 부잣집에서 돈으로 유혹해도 소용없고, 힘으로 강탈해도 얻지 못하는 이야기가 13개 장면으로 펼쳐집니다. 단숨에 읽었습니다.

아! 이런 것이 인류가 잃지 말아야 할 문화구나 라고 알게 되었습니다. 아가씨가 주인공이라는 점, 그리고 "우리 귀한 딸자식, 애지중지 키워 내 가슴의 심장 같은 우리 딸"의 표현을 보며 이것이 내가 알고 있는 중국 문화가 맞은 가라는 생각도 들었습니다.

최근 우리나라 고위공무원과 유명인들을 중심으로 "1,000명의 작은 결혼식 약속 릴레이"가 이어지고 있는데 『Aŝma(아스마)』를 보아야겠고 아스마 아가씨를 만나야겠다는 생각이 듭니다. 나의 아들도 곧 장가가겠다고 할 것인데 내가 어떻게 해야 함을『Aŝma(아스마)』를 통해 발견하고 다짐해 봅니다. 우리 문화에도 아스마와 같은 소중하게 지켜야 할 이야기를 되살려야겠다는 생각이 들었습니다.

세계 에스페란토 작가협회 회원으로서 장정렬 님이 세계의 문을 열어주며 다른 민족의 문화를 알려주는 훌륭한 도구로서 에스페란토를 가장 잘 인식하며, 여러 문화 사이에 다리를 잇는 일에 번역 작업으로 힘쓰시는 모습에 존경과 함께, 좋은 작품을 만나게 해주심에 감사를 드립니다.

오래전 번역하셨던 『정글의 아들 쿠메와와』를 통해 우리집 아이들은 어렸을 때 아마존 밀림의 숲에 숨겨진 놀라운 세계와 용감한 소년을 만났습니다.

최근 이 책이 새로 출간되어 서울교육청 추천 도서로 널리 알려지는 것이 우리 아이들에게 넓은 세상 속의 신기하고 다양함을 보여주듯, 『Aŝma (아스마)』는 소중한 것을 잃기 쉬운 오늘날의 청년들과 그들의 부모에게 놓치기 싫은 추천도서가 될 것에 의심 없는 기대를 해 봅니다. (*)

Antaŭparolo

Aŝma estas bela rakonto en versoj kiun la sanioj tradicias de generacio al generacio. La versaĵo priskribas komparan junulinon Aŝma kaj ŝian fraton Ahej. En simpla lingvo ĝi rakontas pri la decidema batalo de Aŝma kontraŭ la despota bienulo Rabubala. Kun siaj vivforto kaj sopiro al libero kaj feliĉo, la gejunuloj Ahej kaj Aŝma reprezentas la tutan sanipopolon.

La sanioj estas branĉo de Ji-nacio, nacimalplimulto en Sudokcidenta ĉinio, kaj ili vivas en Guishan-Distrikto, sudoriente de Kunming, ĉefurbo de Yunnan-Provinco. Ili havas sian propran lingvon kaj simplan skribosignaron. Ili tre ŝatas muzikon kaj dancadon kaj povas esprimi siajn sentojn kaj dezirojn per simpla bambua muzikilo nomata koŭŝeno.

La saniaj gejunuloj loĝadas, ekde la dekdu-jara aĝo ĝis geedziĝo, en "komuna domo", kie ili povas danci, kanti kaj muziki ĉirkaŭ fajro, kaj esprimi sian amon unu al alia. Kvankam ili povis ami libere en la pasinteco, tamen pri la geedziĝo povis decidi nur la gepatroj. Tio ĉi estas unu el la kaŭzoj, kial Aŝma estis traciciata por multaj generacioj kiel esprimo pri sopiro al libero kaj feliĉo.

Aŝma estas la plej populara versaĵo de la sanioj. Kiam okazas geedziĝa festo, aĝuloj ofte kantas ĝin kaŭrante sur benko; kaj la gejunuloj larmas pro la suferoj de Aŝma kaj ĝojas pro ŝia sukceso. La malfeliĉe geedzinigitaj ĝin kantis foj-refoje kaj akiris forton kaj kuraĝon el la poemo. Knabinoj laborantaj surkampe ofte ĝin kantas kaj kutime diras: "La suferoj de Aŝma estas la suferoj de ĉiuj saniaj knabinoj."

Kvankam la poemaro estis multe ŝatata kaj heredita de generacio al generacio, tamen unuecan tekston ĝi ne havis. En 1953, kelkaj verkistoj kaj artistoj en Yunnan organiziĝis en Laborgrupon kaj iris en la montregionon, kie vivas la sanioj, por kolekti kaj redakti Aŝma en kompleta formo.

Longe kunvivinte kaj laborinte kun sanioj, ili amikiĝis kun ili, ekkonis iliajn sociajn sistemon, kutimojn, pensojn kaj sentojn. Farinte profundan esploradon kaj studon la grupo kompilis kaj ĉinigis tiun ĉi eposon. En 1954, kiam ĝi aperis en Yunnan-a Tagĵurnalo en Kunming kaj Popola Literaturo en Pekino, ĝi estis varme akceptita de la publiko. Pli poste ĝi estis eldonita libroforme de la Popola Literatura Eldonejo kaj ankaŭ kiel ero de la ĉina Popolliteratura Serio kompilita de la ĉina Popola Literatura Instituto. La esperanta teksto estas tradukaĵo de tiu ĉi lasta eldono.

Ĉinio estas lando de multaj nacioj.

Sub la reakcia regado en la pasinteco, la nacimalplimultoj suferis diversajn malfacilojn kaj iliaj kulturoj estis piedpremitaj kaj detruitaj en certa grado, tamen spite al tio la loka-lingva literaturo estis konservita kaj riĉigita de la laboranta popolo. En la nova ĉinio, ĉiuj nacioj estas egalaj membroj de la granda familio, kaj iliaj naciaj kulturoj estas respektataj kaj aprezataj. La eltrovo, redaktado kaj publikigo de Aŝma estas nur unu ekzemplo pri tio, kiel alte taksata estas nun la valoro de la belaj literaturaĵoj de la nacimalplimultoj en popola ĉinio.

에스페란토본 서문

『아스마(阿詩瑪』는 중국 윈난(雲南) 소수민족인 이족(彝族)의 한 가지인 사니인(撒尼人)들이 세대에 걸쳐 전승해 내려오는 구비문학이자 시가(詩歌) 형태로 된 아름다운 이야기입니다.

이 시가는 농촌 아가씨 아스마와, 그녀 오빠 아헤이(阿黑)에 대해 쓰고 있습니다.

간결한 언어로 된 이 시가는 전횡을 일삼는 귀족 라부발라(熱布巴拉)에 대항하는 아스마의 담대한 싸움을 이야기해 주고 있습니다. 오누이 아헤이와 아스마가 자신의 능력으로 자유롭고 행복하게 살아가려는 사니인 모두를 대표한다고 할 수 있습니다.

사니인(撒尼人)은 중국 남서부 소수민족 이족(彝族)의 한 가지입니다. 그 민족은 윈난성(云南) 성도인 쿤밍(昆明)시 남동부의 구이산(圭山) 일대에 살고 있습니다. 그들은 고유어도 있고, 고유 표기체제도 지니고 있습니다. 사니인들은 음악과 춤을 아주 좋아하며, 코우센(口弦)이라는 대나무 악기로 자신들의 감정과 소망을 표현할 줄 압니다.

사니인들은 나이가 12살이 되면 결혼할 때까지 "공동의 집"에 거주하면서, 불을 피워

두고 그 주위에서 춤추고, 노래하고, 연주하며, 사랑의 감정을 서로에게 표현합니다. 물론 그들도 자유로이 사랑할 수 있지만, 결혼만큼은 부모에게 결정권이 있습니다. 이 풍습이 전승작품 속 주인공 "아스마"가 수많은 세대에 걸쳐 자유와 행복에 대한 염원을 담은 표현물로 전승되어 온 이유가 됩니다.

『아스마(阿詩瑪)』는 사니인들이 가장 가장 널리 부르는 시가입니다. 결혼식 때, 자주 어른들은 긴 의자에 앉아, 자주 이 시가를 노래합니다. 그러면 젊은이들은 아스마가 겪는 어려움에 눈물짓기도 하지만, 결국 아스마가 그 어려움을 극복하면, 그때는 기뻐합니다. 불행하게 결혼한 사람도 이 노래를 자주 부르며, 이 시가를 통해 삶에 힘과 용기를 가집니다. 또 들판에서 일하면서 아가씨들도 이 노래를 즐겨 부르는데, 그들은 이렇게 다짐하곤 합니다.

"아스마가 겪는 어려움이 곧 모든 사니 아가씨들의 아픔이다."라고.

이 시가가 널리 여러 세대에 걸쳐 전승해 왔어도, 구비문학으로 통일된 원본이 없었습니다. 그래서, 1953년 윈난성 작가 예술인들이 연구 단체를 만들어, 사니 사람들이 사는 산중에 들어가, "아스마"를 채록했습니다. 작가들은 사니족 사람들과 함께 생활하며 그들의 사회, 풍습, 사고방식과 정서를 알게 되었습니다. 그렇게 이 단체에서 연구한 뒤, 나중에 이를 중국어로 정리하여 서사시(敍事詩)로 적게 되었습니다.

그 단체의 성과물이 1954년 쿤밍의 <윈난일보> 신문과 베이징의 <인민문학>에 연재되자, 독자들로부터 호평을 받았습니다. 이 시가는 **《阿诗玛—彝族民间叙事诗》**(인민문학출판사, 1960년본, 이광전(李广田)지음)라는 제목으로 책으로 출간됐습니다.

이 에스페란토 번역본의 원문은 위의 인민문학출판사본을 취했습니다.

중국은 여러 민족이 사는 나라입니다. 지난 시절에 소수민족은 어려움을 당하기도 하고, 그들 문화유산도 상당할 정도로 파괴되었습니다. 그럼에도, 그 해당 민족의 지역어로 유지되어 오던 문헌은 이를 지켜온 민중에 의해 보존되고, 풍부해졌습니다. 새 중국에서는 모든 민족이 각각 큰 가족의 평등한 구성원이며, 그들의 민족 문화는 존경과 찬사를 받고 있습니다.

『아스마(阿詩瑪)』를 발굴, 채록, 편찬, 발표한 것은 중국 내 소수민족의 아름다운 문헌의 가치가 지금 얼마나 높게 평가되는지를 보여주는 사례입니다.

– **리스쥔(李士俊)**

1. Pri Kio Kantu Mi Do

Ni bambupecon fendas
En du, kvar, ok···lamenojn,
Jen fajnaj sin prezentas,
Ke faru ni koŭŝenojn.[2)]

Koŭŝen-muzik' flustradas
Sekreton el la koro.
Per kia ĉarm' paradas
Aminda la sonoro!

Sub rok' abeloj neston faras,
Mielon el nektar' preparas,
Sed mi ne scias nesto-faron
Nek prilabori flor-nektaron.

---

2) *traduknoto: Simpla muzikilo el bambua lameno kun anĉo, kiun oni vibrigas per blovo kaj elproduktas diversajn sonojn dank' al ŝanĝado de la formo de la buŝaperturo.

Ĉe lag' verdaĵoj kreskas alte,
Kukoloj emas kanti maje.
Sed povas mi nek kreski alte,
Nek kanti bele, gaje.

Arbaĉo kurba taŭgas por nenio,
Por kanti mi tre povras je genio.
Ho, min, je kanto sen provizo,
Ekkaptas tamen nun la vico.

Ne decas vic-evito,
Pri kio kantu mi do?
Pri junulin' montvala –
La bela flor' arbara!

Rakontis iam avo,
Ripetis nepoj ĉie,
Senĉese la enhavo
Riĉiĝas pli-kaj-plie.

Tri-jara bubaleto,
Per kruroj kvar surtere,
Laŭ spuro de l' piedoj
Patrinaj, paŝas bele.

Ho, onkloj, fratoj miaj,

Ne decas vic-evito,
Pri kio kantu mi do?
Pri junulin' montvala –
La bela flor' arbara!

Ne decas vic-evito,
Pri kio kantu mi do?
Pri junulin' montvala –
La bela flor' arbara!

Ho, onkloj, fratoj miaj,
Ĉe l' bordo jen arb-trio.
Demandu ĝin pri kio
Ekkantu vortoj miaj.

1.이제 나는 무슨 노래를 부른담?

대나무 잘라 두 조각, 네 조각
여덟 조각을 걸어놓고
잘된 조각 골라
코우센(口弦)[3] 피리를 만들어 보세.

코우센 피리 음악 소리
마음의 비밀을 일러 주네.
마력의 피리 음악 소리
그 마음이 매력으로 오네.

벌은 바위 아래 벌집에서
달콤한 벌꿀을 만들지만
나는 둥지도 만들 줄 모르고
달콤한 꽃꿀도 못 만드네.

호숫가 수풀은 높이 커가고
뻐꾹새 울음은 5월에 들려오네.
내 키는 왜 이리 크지 못하고
내 노래는 즐겁지도 아름답지도 않네.

---

3) *주: 코우센 피리는 대나무조각과 리드의 두 부분으로 된, 간편 악기로, 입으로 불어 리드를 진동시키고 입술을 여는 모양에 따라 다양한 음색을 낸다.

굽은 나무는 아무 쓸모 없고
노래 부르는 재주 내겐 없네,
어쩌나, 아무 준비 안 된 내게
노래 부르는 차례 벌써 왔네.

내 차례를 피함은 어울리지 않는 법.
무슨 노래가 이 자리에 맞을까?
산골짜기 아가씨 노래—
숲속 아름다운 꽃, 그 노래가 좋겠네!

언젠가 할아버지가 알려주셔서
세상의 손자녀들이 되풀이하던,
면면히 전해 오는 바로 그 노래,
그 노래 내용도 더욱 풍성해졌네.

세 살 된 어린 물소는
땅 위에서 네 발로
어미 물소 걸음 따라
아장아장 잘도 걷는다네.

아아, 삼촌, 형제여—,

내 차례를 회피함은 어울리지 않는 법.
무슨 노래가 이 자리에 맞을까?
산골짜기 아가씨 노래—
숲속 아름다운 꽃, 그 노래가 좋겠네!

내 차례를 회피함은 어울리지 않는 법.

무슨 노래가 이 자리에 맞을까?
산골짜기 아가씨 노래–
숲속 아름다운 꽃, 그 노래가 좋겠네!

아, 삼촌, 형제여,
강가의 세 그루 나무에
물어봐 주세요.
내 노래가 무슨 말 전하는지를요.

II. En Aĝdi-Regiono

En Aĝdi, lando de l' sanioj,
Ĉe l' supra parto de la lando,
Senmastra restas parcel-trio,
Tri domoj restas sen loĝanto.

Por kies plug' la parcel-trio?
Por certa par' de geamantoj.
Por kies loĝo la domo-trio?
Por certa par' de geamantoj.

Kristala restas laget-trio –
Likvor' trinkita de neniu.
Por kies trink' la laget-trio?
Por par' de geamantoj, sciu.

Geedzoj Kluĵmin fine venis
Ĉi tien tra l' arbaroj, lagoj;
La domojn kaj parcelojn prenis
Por entrepren' de kultiv-agoj.

Ĉe l' hejmo de l' Kluĵmin-a paro
Abelojn logas la floraro.
Zum-kantas hore la abeloj,
Dum kolektado de nektaro.

En kort' ilia staras rekta pino,
Al ili fil' naskiĝis pinsimila;
Sur plac' aromas kasiflor' sen fino,
Al flor' similas la filin' ilia.

Sed en Malsupra Aĝdi trovas
Sin famili' de Rabubala.
Maldankojn tie ili kovas –
Eĉ por formikoj ej' fatala.

La famili' de Rabubala
En riĉo kaj potenco kuŝas.
Sed ĝiajn florojn belpetalajn
Neniam la abeloj tuŝas.

Sur plac' ilia arbo nanis
La fil' ilia tiel samis.
Kaj Aĉi estis nomo lia,
Similis li al id' simia.

2. 아즈디(阿着底)[4] 지방에서

사니 사람들이 사는 땅은 아즈디.
아즈디 중에서 위쪽 지방은
아직 주인 없는 땅이 세 필지 있고
아직 주인 없는 집이 세 채가 있네.

이 땅 세 필지는 누가 경작하지?
사랑하는 한 쌍, 그네 몫이겠지.
그럼 그 집 세 채에는 누가 살지?
사랑하는 한 쌍, 그네 몫이겠네.

거울같이 맑은 호수 셋 있는데-
아직 아무도 마시지 않은 감미주라네
저 세 호숫물은 누가 마시려나?
사랑하는 한 쌍, 그네 몫이네, 알아 두게.

숲을 지나, 호수를 건너 이곳으로
클루즈민(格路日明) 부부가 왔네.
그 집 세 채와 그 땅 세 필지를 취해
클루즈민 부부가 살게 되었네.

클루즈민 부부 가정에는
온갖 꽃이 벌을 유혹하고,

---

4) *역주: 오늘날 윈난 취칭(曲靖) 일대

벌들은 수시로 들락날락
앵앵거리며 꿀을 모으네.

집 마당에 소나무 한 그루 곧게 서 있고
부부는 소나무같이 든든한 아들 낳았네.
바깥마당의 차(茶)꽃은 향기 끝없고,
이 부부는 꽃 같은 딸도 낳았네.

그런데 아즈디 중에서 아랫지방에는
라부발라(熱布巴拉)[5] 귀족이 살았네.
사람 마음에 들지 않은 일만 그들이
저지르니, 땅속의 개미조차 움츠리네.

라부발라 가족은 부자이고
권세를 가졌어도
그 집의 꽃이 아무리 아름다워도
벌 한 마리 찾아오지 않네.

그 집 마당 소나무는 난쟁이 같고,
그 집 아들 태어나니 난쟁이 모습이네,
그 아들 이름은 아치(阿支)라 하고
그 아들 모습은 꼭 원숭이 새끼 닮았네.

---

5) *역주: 이족(彝族) 귀족.

III. Ekbrilas Floro Sur-ĉiele

La filo de Kluĵmin,
Kun nom' Ahej, prefere
Rompiĝus kiel sur-montega pin'
Ol fleksi sin tolere.

Sur monto Gui ja pino plej imponas,
El la junuloj Ahej pleje bonas.
L' Altega pin' ne timas neĝofalon.
Bravega Ahej manĝis tigran galon.

Eĉ dum venteg' kaj fulmontondro
Brullignon kolektadas li sur monto.
Li kampojn kreis el ŝtonoza tero,
Pli altas ol li maizplantoj en prospero.

Li ŝatas, de la aĝo juna,
Rajdadi sur ĉeval' sen selo.
Pafarkon streĉas li plenpluna,
Ekpafas – birdo jam sur tero.

Se li sin distras popol-kante,
Alflugas turdoj por kun-trilo;
Se li ekflutas elegante,
Eĉ cerboj haltas pro admiro.

Sani-popolon ĝojo regas,
Ahej-on ĉiuj prilaŭdegas:
"Ahej bravega sen komparo,
Modelas por la junularo."

Montpinton prenas aglo por sidej'
Kaj kreskas bela flor' ĉe akvo klara.
Ja Aŝma, fratineto de Ahej,
Estas aminda knabineto rara.

De la gepatroj sangon ŝi ricevis,
Pli de l' patrino malpli de la patro.
Kaj en iliaj korpoj ŝi ja devis
Sin kaŝi dum po deko da monatoj.

Aperas floro sur-ĉiele
Kaj buntaj nuboj brilas bele.
Sur Supran Aĝdi-n ŝi descendas –
Surtere Aŝma sin prezentas.

De la sanioj ĉiu koro
Jubile batas mil-mil-foje,
Jen tuta la sani-popolo
Pro la feliĉo saltas ĝoje.

El Luljang soko aĉetiĝis
Por tranĉ' de l' umbilika ŝnuro.
El Lusi kuvo akiriĝis
Por bani l' bebon ĝis plenpuro.

La kuvo de Lusi farita
Arĝentan randon ĉirkaŭhavas,
Kaj l' fundo estas inkrustita
Per or' sed plie l' bebo ravas.

La tri lagetoj klaraj tuj oferas
Lav-akvon al la beb' ruĝvanga,
Por kuleregojn tri liveras
Por bani ŝin tre grasa, blanka.

Vizaĝo ŝia belas kun lun-helo,
Kaj ŝia korpo blankas je ov-ŝelo;
La manoj blankas kiel freŝa rapo,
Kaj la piedoj, kiel brasikkapo.

De la infan' tritaga sonas ploro
Simila al koŭŝen-sonoro.
Jen ŝiajn harojn panjo kombas –
Ho, vesperbrile ili pompas.

Naveton ili prenas el Kunming-o.
Kaj teksil-framon el Luljang aĉetas,
Kaj ankaŭ pedalŝnurojn el Ĉjuĝing-o –
Teksil' kompleta fine tute pretas.

El Ŝjangjun la kotono bonkvalitas,
Longfibra estas la Lunan-a lino.
Jen pec' da ŝtofo jam teksitas
Por fari etajn vestojn de l' knabino.

Fadenojn donis Jiljang ruĝkolorajn,
Liveris silkon Ĝengĝjang ore brilan
Por fari portozonojn altvalorajn
Kaj luli dorse l' bebon flor-similan.

Matene, kiam ŝi iĝis unu-monata:
"Pro l' filnjo," diris paĉjo, "gastojn ni regalu."
"Kaj dece," diris panjo, "estu ŝi nomata."
Ĝojkriis Ahej: "Feston ni pro franjo faru!"

Da gastoj naŭdek naŭ[6] sidrondojn invitinte,
Regalis ili per per cent dudek plenaj tabloj;
Da vino naŭdek naŭ barelojn ricevinte
De l' gastoj, cent kaj dudek ili donis por agrablo.

Ricevis ili porkojn naŭdek naŭ de l' samlokuloj,
Aldone buĉis dudek unu pli por plad-aranĝo;
La gastoj venis kun naŭdek naŭ pladoj da pastbuloj,
Kaj dudek unu pli kuiris ili por satmanĝo.

"Per kio do nomiĝu filnjo nia?"
La gastojn panjo alparolas.
"Ja kio taŭgas esti nomo ŝia?"
Certiĝi ankaŭ paĉjo volas.

---

6) *traduknoto: "Naŭdek naŭ" kaj "cent dudek" signifas por la sanioj grandajn nombrojn.

La avoj de honoro
Respondas kiel ĥoro:
"Aŝma fariĝu ŝia nomo,
La nom' de herbo kun aromo."

"Ho, Aŝma!" laŭte sonas
La nomo kun sonoro
De tiam bone konas
Ĝin ĉie la popolo.

3. 하늘에는 꽃이 빛나고

클루즈민의 아들 아헤이(阿黑)는
굽은 채 사느니 차라리
태산의 저 소나무처럼 부서지리라며
야무지구나.

구이산(圭山) 소나무가 가장 늠름하고
청년들 가운데 아헤이가 가장 착하다네.
키 큰 소나무는 눈(雪)이 무섭지 않고,
용사 아헤이는 호랑이 쓸개도 먹는다네.

비바람에, 천둥 번개에도
산에 가서 땔감을 구해 오는 아헤이.
돌부리 많은 땅을 갈아 옥토로 만들어
옥수수 잘 자라니, 아헤이 키보다 크네.

아헤이는 어린 나이에도
말안장 없이 말타기 좋아하고,
아헤이는 보름달 밤에도 활을 쏘면
새가 맞아, 땅에 떨어지네.

아헤이 민요 한 자락 부르면,
노랫소리에 개똥지빠귀 새도 날아들고.
아헤이 피리 한 번 우아하게 부르면,
노랫소리에 사슴도 감탄해 멈춰 서네.

사니 사람들이 모여 즐거이 이야기하면,
모두 아헤이 칭찬뿐이네.
“아헤이는 가장 용감하고
우리 청년의 모범일세.”

독수리는 산마루에 보금자리를 정하고
들꽃은 맑은 물가에 예쁘게 자리하네.
아헤이에겐 누이 아스마(阿詩瑪)가 있네.
귀하고 사랑스럽고 깜찍한 아이일세.

아스마는 부모의 피를 물려받으니,
어머니에게 많이, 아버지에게 적게,
아헤이는 어버이 몸에서
열 달씩 정말 꼭꼭 숨어 있었네.

하늘의 꽃 한 송이 홀연히 나타나고
오색구름 아름답게 비추더니
아즈디 윗지방에 그 아이 내려오네 –
아스마 첫 모습이 이 땅에 보이네.

사니 사람 모두의 마음은
일천–일천–번 감동하여 두근거리고,
사니 사람 모두의 얼굴엔
벅찬 행복과 기쁨으로 가득 찼네.

룰량(陸良)에서 사 온 가랫날로
아기 탯줄을 자르고,
루시에서 사 온 함지박으로

아기를 깨끗이 씻기네.

루시의 함지박이
은(銀) 테두리를 두르고,
밑바닥에 황금이 박혔어도
예쁜 아기에 비할까 보다!

호수 세 곳의 맑은 물은
볼그스레한 아기의 뺨 씻는 세숫물이고,
호숫물을 큰 숟가락으로 세 번 떠서
하얗고 통통한 아기 몸을 씻기네.

아기 얼굴은 달빛에 보아도 아름답고
아기 온몸은 계란 껍질처럼 희구나.
두 손은 순무처럼, 두 발은 배추처럼
하얗고 하얗다네.

사흘 만에 아기는 울음을 터뜨리니,
코우센 피리 소리 닮았구나.
엄마가 아기 머리를 빗기니,
오호라, 머리카락은 밤(夜)처럼 까맣다네.

쿤밍(昆明)서 베 짜는 북을 구해 오고
룰량(陆良)에서 베 짜는 틀을 구해서
취칭(曲靖)에서 베 짜는 발판 끈을 구하니
마침내 베틀 준비가 끝났네.

샹윤(祥云)에서 사온 면화는 곱고,

루난(路南)에서 사온 아마(亞麻)는 질겨,
솜을 타서 베를 만들고
베를 짜서 아기 옷을 만든다네.

일량(宜良)에서 붉은 실을 얻고
쩽장(澄江)에서 금빛 비단 얻어,
이 고급 옷감으로 예쁜 포대기 만들어
꽃같이 예쁜 아기를 등에 업었네.

아기가 한 달 된 아침에, 엄마가-,
"손님 청해 아기 첫돌을 축하해 줘요."
아빠는- "그래요, 이름도 지읍시다."
아헤이는-"누이를 위해 우리 잔치해요."

아흔아홉 분의 손님을 초청하고,
일백스물 개 식탁에 손님을 맞으니7),
손님들이 아흔아홉 술통 갖고 들어서니,
주인장은 일백스물 술통 기꺼이 내놓네.

아흔아홉 마리 돼지는 동향(同鄕) 사람이 가져오니,
스물한 마리 돼지를 주인이 더 잡고,
아흔아홉 쟁반은 손님들이 가져오니,
배불리 드시라고 스물한 개 쟁반을 주인이 더 내놓네.

---

7) *주: 숫자 아흔아홉(99)과 일백스물(120)은 사니족 사람들에게 많음을 표시한다.

"저희 애 이름 뭐라 할까요?"
엄마가 손님께 여쭙자,
"정말 어떤 이름 어울려요?"
아빠도 손님께 또 여쭙네.

영명하신 할아버지들이
이구동성으로 합창하며
"아기 이름은 아스마(阿詩瑪)로 하게.
향기 나는 풀 이름이네."

"오호, 아스마!" 크게 불러보니
그 이름 낭랑하게 들리는구나.
이곳 사람들 모두
아스마란 이름 잘도 기억하네.

IV. Kreskado

Tagnokte la knabin' kreskadas,
Jen ŝia aĝo trimonatas.
Ŝi jam tre lertas en ridado,
Kaj l' rido laŭtas kiel trilo de cikado.
Jen paĉjo ĝojas kore,
Kaj panjo ridas gajhumore.

Tagnokte la knabin' kreskadas,
Jen ŝia vivo kvinmonatas.
Ŝi rampi jam scipovas,
Kaj rampas kiel la erpil' sin movas.
Jen paĵo ĝojas kore,
Kaj panjo ridas gajhumore.

Tagnokte la knabin' kreskadas,
Jen ŝia aĝo sepmonatas.
Ŝi iri jam scipovas,
Kaj iris kiel boben' sin rule .sovas.
Jen paĉjo ĝojas kore,
Kaj panjo ridas gajhumore.

Ses- aŭ sep-jara, sojl-sidante, sur bobenon
Helpeme volvas ŝi fadenon
Por malpliigi panjan penon.
Ŝi, en la aĝo ok-naŭ-jara,
Kun sak' sur dors', al vast' kampara
Iradas por "legom' amara.[8]

Ja kiu helpas paĉjon en mizero?
Kiu konsolas panjon en sufero?
La patron helpas la filino,
Kaj panjon amas ŝi sen fino.
Jen paĉjo ĝojas kore,
Kaj panjo ridas gajhumore.

Tagnokte kreskas la infano,
Dekjara iĝis ŝi sen ĝeno.
Kun sarkileto en la mano,
Surŝultre leda portrimeno
Kaj surpiede pajlsandaloj,
Por herb' ŝi iras al kamparo.

---

8) *traduknoto:Amara legomo (Sonchus arvensis), herbo kies junaj folioj iom amaraj estas manĝeblaj kiel legomo kaj ofte uzataj kiel drogo por kuraci disenterion, furunkon kaj brogvundon.

Ja kiu helpas paĉjon en mizero?
Kiu konsolas panjon en sufero?
La patron helpas la filino,
Kaj panjon amas ŝi sen fino.
Jen paĉjo ĝojas kore,
Kaj panjo ridas gajhumore.

Tagnokte kreskas, kreskas la infano,
Jen dek du jarojn plenajn ŝi akiras.
Iradas ŝi en kies akompano?
Kun sitel-paro ofte Aŝma iras.
En kies kunesteco Aŝma staras?
En tiu de la forno manĝon ŝi preparas.

Tagnokte kreskas la infano,
Atingis nun jam la dekkvaran jaron.
Bastonon en la mano,
Surkape pajlĉapelon,
Surŝultre junkmantelon,
Kun amikinoj paŝtas ŝi ŝafaron.

La kaproj sur la monto
Kaj l' ŝafoj en la valo.
Ludante kun ventondoj,
Susuras la herbaro.

Sub ombroriĉa arb' giganta
Knabinoj kudras jen fervoraj
Por novaj vestoj elegantaj
El ŝtofopecoj buntkoloraj.

Zefiro blovas kun odoro
De pinaj semoj. Dum laboro,
La amikinoj kor-babilas;
Pri Aŝma ĉies laŭd' jubilas:
"La florojn el brodarto via
Envias ĉarmo kamelia.
Kaj viaj ŝafoj, ja sen dubo,
Pli blankas ol aŭtuna nubo.

"El dek milfloroj kameliaj,
Vi ests vere la plej bela.
El dek mil franjoj la saniaj
Vi estas vere l' plej modela."

Tagnokte kreskas la knabino,
Jen aĝas ŝi je jar-dekkvino.
Instruas panj' al la filino
Teksadi ŝtofon kun bobeno
Metita en navet' ĉe l' sino
Kaj da lin-varpo teksil-pleno.

Jen pec' de tolo estas preta
Blankega kun koloro kreta
Ĝi estas larĝa kaj fortika
Simila al katuno dika.

Tagnokte kreskas Aŝma kara,
Fariĝis nun ŝi dekses-jara.
ŝi iras kampen kun la frato
Kun ŝvit' survange en kaskado.
Sur lia ŝultro plugoŝato,
Sur ŝia korbo por semado.

En fronto fraĉjo Ahej plugas,
La ter' turnate flanken flugas.
Tuj post li Aŝma semojn ŝutas
Jen kvazaŭ cignojn persekutas.

Sep tagoj iĝis ĵus paseo,
Ekĝermis semoj poligonaj.
Sam-kiel raso de tineo
Disfloras tiuj plantoj bonaj.

Sep tagojn maizgrajnoj kuŝis
Entere, ĝermis pro la kovo.
Folioj verdis, interpuŝis

La spikoj kiel kornoj de bovo.

Tagnokte kreskas Aŝma kara,
Fariĝis nun ŝi deksep-jara.
Kun tuk' brodita sur la kapo,
Ŝi ĉiujn ĉarmas per belfrapo;
Kaj l' antaŭtuko elegante
Brodita brilas blindigante.

De l' lit' ŝio prenis lin-bobenon,
De l' muro prenis la koŝen-on.
Ludante muzik-idiomon
Aliras Aŝma l' komun-domon.[9)]

En mezo de la kvarangula
Komuna domo fajro floras.
Ĝi brulas ĉiam pli stimula
Kaj kantoj ĉiam pli sonoras.

Per kio entiriĝis la junuloj?

---

9) *traduknoto: Ekde la aĝo 12-jara, sanaj geknaboj loĝas respektive en porviraj kaj porinaj komundomoj, kie ili povas sin amuzi per kantado kaj dancado aŭ amindumi.

Per kant' de Aŝma kun sonor' plej klara.
Kaj kiu l' amikinojn per instruoj
Lernigas teksi? Aŝma senkompara.

La kunulinojn Aŝma amas tre tre kore,
Kaj Aŝman amas l' amikinoj tutsimile;
Disiĝi de ŝi ili povas eĉ ne hore,
Forlasi ilin por ŝi estas malfacile.

Ho, Aŝma dolĉanima, kara!
Ho, vi, knabino tre bonkora!
Vi estas por la kolegaro
Dianta floro bonodora.

Ho, filnjo kara de la patro,
Trezoro de l' patrina koro,
Vi kreskas apud la gepatroj
Belega kiel blanka floro.

Ĉu iri, sidi, stari,
Aŭ brodi, veston fari?
Ho, filnjo, faru sole
Laŭplaĉe kaj laŭvole.

Ĉu ripozante, ĉu laboree

Pasigi l' tempon dum-taghore?
Ho, kara filnjo, faru sole
Laŭplaĉe, agu vi laŭvole.

Vi amu, kiun vi bonvolas,
Nek panj' nek paĉjo vin ekĝenos.
La amon, kiu vin konsolas,
Nek panj' nek paĉjo intervenos.

"Du fluoj trovos unu la alian,
Kunvivi ŝatas la cipres' kun pino.
Mi bone scias kamplaboron nian,
Kampulon amos kore la filino.

"Por rekta trunk' de ligna materio,
Necesas eĉ nenia seglinio;
Nur viro kun virteco tiel rekta
Fariĝos mia vivkunul' respekta.

"Li ridos ĝoje se dancludos,
Alflugos birdoj se li flutos.
Li indos esti la amato,
Kunvivi kun li mia ŝato."

Mil liojn foren heno de ĉevalo

Bonega disaŭdiĝas el la stalo.
Nun kara Aŝma iĝis deksep-jara,
Fariĝis ŝia nomo populara.

Aminda Aŝma hejme sidas,
Arĝentbrakingoj brile ridas.
Se ŝi ekstaras, ili bele
Tintadas kaj trembrilas stele.

La junaj Aĝdi-anoj flame
Ŝin amas kore, senproklame;
Ĉiutage ŝin frekventas ade
Sed vidis ŝin neniam sate.

4. 성장

밤낮으로 자라서는 이제
아스마가 생후 삼 개월이 되었네.
아기는 이제 웃기도 썩 잘하고
웃음소리는 매미 울음처럼 크구나.
아빠는 마음으로 기쁘고
엄마는 유쾌하게 웃는다네.

밤낮으로 자라서는 이제
아스마가 오 개월이 되었네.
아기는 이제 기기도 썩 잘하고
써레 움직이듯이, 기어 다니네.
아빠는 마음으로 기쁘고
엄마는 유쾌하게 웃는다네.

밤낮으로 자라서는 이제
아스마가 칠 개월이 되었네.
아기는 이제 걷기도 썩 잘하고
실패 저절로 구르듯 걷네.
아빠는 마음으로 기쁘고
엄마는 유쾌하게 웃는다네.

예닐곱 살 된 아스마가 문턱에 앉아
실패에 실을 감아
엄마 일손을 돕네.

여덟아홉의 아스마가
자신의 등에 망태 지고
넓은 들판에 씀바귀[10] 캐러 가네.

어렵게 사는 아빠를 정말 돕는 이 누구?
고생만 하는 엄마를 위로하는 이 누구?
아빠를 돕는 이는 딸이요,
엄마를 끝없이 사랑하는 이 또한 딸이네.
아빠는 마음으로 기쁘고
엄마는 유쾌하게 웃는다네.

아스마는 밤낮으로 자라
힘든 일 없이 열 살이 되었네.
한 손에 작은 호미 들고
어깨에 가죽끈 둘러메고
두 발에 짚신을 신고
들판으로 나물 캐러 나섰네.

어렵게 사는 아빠를 정말 돕는 이 누구?
고생만 하는 엄마를 위로하는 이 누구?

---

10) *주: 학명은 *Sonchus arvensis*. 들판이나 풀밭에서 자생하여 한국, 일본, 중국 등지에서 볼 수 있는 여러해살이 풀. 씀바귀, 고들빼기, 엉겅퀴, 민들레와 유사한 풀. 주로 한의원에서 약용이나 뿌리, 어린잎 등을 무쳐 나물로 먹기도 한다. 나물로 먹으려면, 특유의 쓴맛이 강하기 때문에, 물에 오래 놔둬서 쓴맛을 제거하는 편이 낫다. 특이한 점은 줄기를 꺾게 되면 백색의 점성이 있는 액체가 나오게 된다. 이질, 부스럼, 열탕에 덴 화상 치료에 쓰임.

아빠를 돕는 이는 딸이요,
엄마를 끝없이 사랑하는 이도 딸이네.
아빠는 마음으로 기쁘고
엄마는 유쾌하게 웃는다네.

아스마는 밤낮으로 자라
이제 완전한 열두 살 되었다네.
이 아가씨는 뭘 갖고 다닐까?
양손에 물동이 들고 지나가네.
이 아가씨는 곁에 뭘 두는가?
밥 지으며 화로 곁에 있다네.

아스마는 밤낮으로 자라
이제 열네 살 되었다네.
한 손에 양 떼 안내하는 회초리 들고
머리에 짚으로 된 모자 쓰고
어깨엔 골풀 옷을 둘러쓰고
여자 동무들과 양 떼를 지키네.

산에서는 산돼지들
골짜기엔 양 떼.
초원은 바람 물결로
이리저리로 살랑거리네.

큰 나무의 넓은 그늘에 앉아
아가씨들이 바느질 열심이네.
다양한 색상의 실뭉치를 풀어
우아한 새 옷을 만드네.

미풍은 솔방울 향기를 안겨주고
여자 친구들은 일하면서
마음속 말을 하는구나:
아스마 칭찬 소리 사방에서 들려오네:-

"아스마, 네가 수 놓은 저 꽃들은
동백꽃도 질투할 정도네.
수 놓은 저 양(羊) 모습을 좀 봐,
가을 구름보다 더 하얗네."

"일만 송이 동백꽃 중
네가 정말 가장 아름다워.
일만 명의 사니 자매 중
네가 정말 가장 모범이네."

밤낮으로 자라서는 이제
아스마가 열다섯 살 되었다네
엄마는 딸에게
실패와 함께, 베 짜는 법 가르치네.
가슴에 북(梭)을 넣은 실패와
베틀을 온통 감은 아마(亞麻) 날줄로 베를 짜네.

베 조각을 만드니
순백의 하얀 베라네
넓고 질긴 베가
두꺼운 면포(綿布)와 비슷하네.

밤낮으로 귀하게 자라 이제
아스마가 열여섯 살 되었다네.
아스마는 오빠와 함께 들판에 가
일하니 양 볼에 식은땀이 흐르네.
오빠 어깨는 보습이 어울리고
누이 어깨에는 씨뿌리는 광주리 걸렸네.

오빠 아헤이가 앞에서 쟁기질하면
땅이 갈라져 옆으로 날아 눕고,
누이 아스마가 오빠 뒤에서 씨 뿌리니
마치 백조를 쫓는 모습이네.

마디풀 씨앗이 일곱 날을 지나자
마디풀 씨앗은 싹을 틔웠네.
마치 좀이 가득 쓴 듯
잘 자란 풀들은 꽃을 피우네.

옥수수 알갱이를 땅에 심어
이레가 지났더니 싹을 틔웠네
옥수숫대의 푸른 잎은 서로 밀치듯이
옥수수 열매는 소의 뿔처럼 돋아나네.

밤낮으로 귀하게 자라 이제
아스마는 열일곱 살이네.
수놓은 수건을 머리에 두르니
아스마는 아름다운 모습이 더해지네.
우아하게 수(繡)놓은 앞치마는
눈이 부셔 반짝이네.

아스마는 잠에서 깨면, 아마(亞麻) 실패를 집어 들고
벽장에서 코우센을 꺼내,
그 악기로 연주하며 **공동의 집**으로 걸어가네.[11)]

네모난 **공동의 집** 한가운데에
언제나 불이 타오르네.
이 불은 언제나 활활 타오르고
아가씨들 노래 소리 언제나 높이 들리네.

공동의 집 젊은이들, 뭐에 관심 두나?
가장 낭랑한 목소리의 아스마 노래에,
베 짜기를 동료에게 누가 알려주나?
바로 특출한 아스마구나.

아스마는 동료들을 정말 사랑하고
동료들도 아스마를 아껴주네.
아스마와 한 시도 떨어지기 싫고
아스마도 그이들과 떨어지기 싫네.

오, 매력적인 아스마!
오, 너는 마음씨 고운 아가씨!
넌, 우리 동료에게

---

11) *주: 사니족 소년 소녀는 열두 살이 되면 공동의 집 -소년은 소년 숙소에, 소녀는 소녀 숙소에 -에서 공동생활을 한다. 그곳에서 노래 부르고, 춤추며, 사랑을 속삭인다.

향기를 전하는 패랭이꽃이라네!

오, 너는 아버지가 애지중지 여기는 딸,
어머니에겐 마음속의 보물,
넌, 어버이 슬하에서 곧게 자라
하얀 꽃처럼 더욱 아름답구나!

걸어 보고, 앉아 보고, 서고 보고
수(繡) 놓고, 옷 만들고 싶다고?
오, 얘야,
네 뜻대로 네 하고픈 대로 해보렴.

하루를 쉬고 싶다고?
아니면 일하고 싶다고?
오, 얘야,
네 뜻대로 네 하고픈 대로 해보렴.

네 맘에 드는 사람을 사랑하렴.
네 뜻을 엄마 아빠는 존중하마.
네 마음 위로해 주는 사람이면
네 뜻을 엄마 아빠는 존중하마.

두 물길도 서로 만나듯
소나무 삼나무도 어울려 커가니.
우리 농사일은 내가 잘 아니,
우리 딸도 농사짓는 이를 정말 사랑하리.

"나무가 올곧으면

켜는 톱이 필요 없고,
올곧은 총각이면
나의 동반자로 존경하리."

"그이가 춤출 때면 기쁘게 웃고
그이가 피리 불면 새들이 날아오니
그이야말로 내 낭군 될 만하고,
그 낭군과 함께함이 나의 바람이네."

"좋은 말(馬)은 외양간에서 한 번 울면
천리(千里) 멀리서도 들리는 법,
고귀한 아스마 이제 열일곱 되었으니
그 이름이 사방에 알려졌네."

총명한 아스마가 집에 앉아 있으면,
은팔찌가 반짝이며 웃음 짓네,
아름다운 아스마가 앉았다 일어서면
은팔찌가 별처럼 반짝이고 소리 나네.

아즈디의 젊은이들은 열렬히
아스마를 마음속으로 좋아하네.
젊은이들은 아스마 보겠다며 와도
언제나 잠깐 밖에 못 봤다며 서운해하네.

V. Svatado

Ja tiel Aŝma belas,
Ke ŝin priaŭdas hejme Rabubala;
Kaj ofte ŝi aperas
En liaj sonĝoj pro dezir' barbara.

Ekvolas preni Rabubala
Edzinon por la filo Aĉi:
"Krom bela Aŝma senkompara
Neniu povas al mi plaĉi."

Dum tuta tago plenkunsidis
La famili' de Rabubala,
Inviti Haĵon findecidis
Por svat' el Valo Bambuara.

"Pri Aŝma laŭdas ĉiu homo.
Ŝin nepre havu nia domo.
Vi regas super tuta l' lando,
Bonvolu svati por ni jam do."[12]

---

12) *traduknoto: Riĉaj saniaj familioj ofte petis potenculojn agi kiel svatistoj por ke la familioj de la svatatinoj ne kuraĝu rifuzi iliajn geedzigajn proponojn.

Skrupula sin ŝajnigas Haĵo:
"Garantianti malsaĝaĵo,
Svatistas homo nur frandŝata.
Farint' de tia stulta paŝo
Viv-longe estos malbenata."

Kaj Rabubala jene plendas:
"Vi langon de serpent' posedaas
Kaj krome papag-buŝon lertan.
Se Aŝman svati mi vin petas,
Akiros vi sukceson certan.

"Se Aŝman por ni vi akiros,
Ni certe rekompencos bone:
Da or' vi prenos kiom deziros,
Da gren' ricevos laŭbezone,
Laŭvole ŝafojn hejmen tiros.

"Kaj l' par' post la Novjara Festo
Ja vin vizitos por saluto
Kun porkaj kap', pied', rum-kesto
Kaj par' da ŝuoj, kaj surtuto,
Du pantalonoj kaj kapvesto.[13]

---

13)*traduknoto: Laŭ moro de la sanioj, la novaj

"Donacojn tiajn ne forŝovu,
Ja tia svato indas penon.
Potenca Moŝto, tuj ekprovu,
Komencu l' oran entreprenon!"

Ĉar bonan vinon Haĵo ĝuis,
Donacojn riĉajn li atendis,
La buŝ' papaga tuj ekbruis,
La serpent-lang' ekdiligentis
Pri svato Haĵo jam konsentis.

La kap' de muso ja tre pintas,
Sed pintas pli la kap' de Haĵo;
Babil' abela ja mirindas,
Sed eĉ pli lia parolaĵo.

"Nu, kiom ajn malkonsentos
Kaj malaprobos la patrino
Kaj l' patro, sed mi argumentos,
Persvados ilin en la fino.

"Koncerne Ahej-n, fraton ŝian,

---

geedzoj devis viziti la svatiston je la unua Novjara Festo lunkalendara kun diversaj donacoj.

Eĉ se li estus lerta feo,
Mi lin devigos al obeo."

Montsubon la simio ĝena
Alvenas grenon manĝi ŝtele.
Alvenas Haĵo abomena
Persvadi Aŝman malboncele.

"Maturan maiz-spikon
En ĝusta temp' deŝiru.
De Aŝma edzinigon
Prokrasti ne deziru."

Respondon panj' de Aŝma faras:
"El ĉio dolĉas plej mielo,
Al la patrin' filin' plej karas.
Necesas sal' por spica celo,
Sen panj' la viv' por ŝi amaras.

"La filnjo iĝos fremddomano
Por ĉiam post la edziniĝo.
Se distranĉeblas la rafano,
Disiĝ' por ni 'stas malfeliĉo."

Aŭdiĝas de l'svatant' parolo:

"Filino estas kvazaŭ floro,
Ŝin nepre prenu fremda viro
Kun dot' de nulo aŭ de oro.
Restadu hejme nur la filo.

"Aperas roso en vespero,
Sin montras prujno je kokveko:
En ĝusta temp' por nuptafero
Konsentu por evit' de peko."

Kaj paĉjo diras: "Nun-momente,
Se filnjon donos ni konsente,
Kompencos nin botel' da vino,[14)]
Sed ne ĝuigos ĝis vivfino.
Kaj restos post la vin-likvoro
Ĉagren' dumviva, kordoloro!

"Se donos ankaŭ l' frat' aprobon,
Li nur ricevos unu bovon.
La bov' lin servos ne sen fino,

---

14) *traduknoto: Laŭ moro de la sanioj la familio de la novedzo devas donaci botelon da vino al la patro de la novedzino, korbon da rizaĵo al sia patrino, bovon al sia frato kaj iom da lino al la bofratino.

Sed forestados la fratino!
Kaj restos post la bova servo
Ĉagren' dumviva por la nervo!

"Se iros ŝi por bovlaboro, –
Longdaŭros ŝia trista ploro.
Pro bov' se iros la filino,
La bov' muĝplendos pro l' destino.
Bambuon haki oni povas,
Elhejme filnjon mi ne ŝovas."

Kaj tiam diras la patrino:
"Pro la fordono de l' filino
Ricevos mi nur korbon da rizaĵo.
Ĝi ne sufiĉos vivlongdaŭre.
En fremda domo trist-bedaŭre
Forestos filnjo sen reveno,
Por mi restados nur ĉagreno!

"Pro l' edzinig' la bofilino
Ricevos volvon da krudlino.
Ne longe da ĝia ŝpino,
Sed ĉiam restos la fratino
En fremda domo sen reveno,
Ne finŝpineblos la ĉagreno!"

"En edziniĝ' ĉu Aŝma solas?"
Svatanto Haĵo reparolas,
"Ĉu edzinigas ne aliaj?
Ja centoj, miloj da knabinoj
Foriras de l' gepatroj siaj.
Ja mil mil patroj kaj patrinoj
Aranĝas nupton de l' filinoj.

"Se estus l' edzinig' domaĝo,
Do ŝin vi tenos virgulino
Ĝis sama la bofranja aĝo,
Ĝis ŝi fariĝos oldulino?

"Se ĉiam staras saĝa pino
Aplomba sur la pint' de monto,
Knabin' plenkreska ĉe l' patrino
Ne povos resti ja sen honto.

"Se estas nun por vi domaĝo
Fordoni Aŝman deksep-jaran,
En ŝia dudek-jara aĝo
Neniu volos vian karan."

Aŭdinte l' argumenton
Ekpensas la patrino:

"Atingis vi l' momenton
Mandoni, ho, filino."

Kaj pens', post la parolo,
En kap' de l' patr' sin levas:
"Ho, filnjo, malgraŭ volo,
Mandoni vi jam devas."

"Se decas, ke ŝi jam mandonu,"
Respondis tiam la patrino,
Nur familion por estimo
Aliĝu kara la filino.

"Se edziniĝos filnjo kara
Al familio senmisfara,
Ŝin rigardante l' edzo ridos
Dum li litrande kun ŝi sidos.

"Se en gastĉambro ŝin ekvidos,
Al ŝi bopaĉjo kore ridos.
En kuirej' ŝin rigardante
Ridetos bopatri' konstante.

"Se edziniĝos filnjo kara
Al familio malmorala,

Bopaĉj', sen dono de hakilo
Ŝin sendos por brullign-akiro.

"Se ŝi hejtlignon ŝir-kolektos,
Kaj nur du el tri faskoj sekos,
Eĉ se l' malseka jam forbrulos,
Insulte ili plu ululos.

"Se edziniĝos mia kara
Al familio malbonfara,
Sed don' de korb' bopanj' el domo
Ŝin sendos por sovaĝ-legomo.[15]

"Se tri baskplenojn ŝi rikoltos,
El ili unu da velkflavaj,
La bogepatroj ŝin plu skoldos
Eĉ post formanĝ' de l' sukmalhavaj.

"Se edziniĝos mia kara
Al familio tre barbara,
La bogepatroj ŝin ordonos
Alporti akvon ĉerpilon ne donos.

---

15) *traduknoto: Herboj manĝeblaj kiel legomo.

"Tri potojn ĉerpos ŝi permane,
El kiuj unu da malpura;
Eĉ post eltrink' de tio jame
Ilia daŭros skold' terura.

"Karega estas la filino
Por mi ja kvazaŭ kor' en sino.
Se oni multe ŝin turmentos,
Mi edzinigon ne konsentos."

Rediras Haĵo la svatanto:
"Nu, en Malsupra Aĝdi-lando
Sin trovas dom' de Rabubala
Kun fram' arĝenta senkompara
Kaj or-tegmento vere rara.

"La pordflugiloj dekoriĝas
Per ora drak', feniks' arĝenta;
La konservej' je greno riĉas
Kaj l' ratoj tie korpulentas.

"Naŭ montojn bovoj svarm-promenas,
Sep montoj plenas je bubaloj,
Je ŝafoj naŭ arbaroj plenas
Kaj sep plenplenas je kapraroj.

"Kie vi trovus, en la mondo,
Similan domon de riĉfonto?
Aliru Aŝma tiun domon
Por trovi idealan homon!"

Paŝtadis Aŝma tutatage
Kaj dek du montojn iris vage.
La brutstomakoj jam plenplenas,
Do Aŝma hejmen jen revenas.

Vojflanke poligon-folioj
Similas al la papilioj.
La sukajn plantojn Aŝma vidas,
Kun kora ĝojo ŝi ekridas.

Al la foli' sukplena verda
Similas Aŝma juna lerta;
Ŝi spertis ĝis nun nur korĝojon,
Neniam iris tristan vojo n.

Vojrande l' form' maiz-folia
Similas al bovkorn' gracia.
La brile verdajn Aŝma vidas
Kaj ĝojoplene ŝi ekridas.

Al la foli' olee verda
Similas Aŝma juna lerta;
Ŝi spertis ĝis nun nur korĝojon,
Neniam iris tristan vojon.

La blankaj nuboj sur ĉielo
Ne iĝas nigra nubmantelo.
Sen nigra nub' sur firmamento
Ne povas esti pluvtorento.

Neniam Aŝma la bonkora
Insultis por kolero-montro.
Se ne kaŭzite de l' parolo
De Haĵo, kial fulmo-tondro?!

"La fmili' de Rabubala
Ja estas bando malmorala,
Se ĝi abelojn logas flore,
Abeloj tamen fuĝas fore.

"Ĝi kiom ajn riĉega estas,
Por mia kor' malplaĉa restas.
Se nia havo estus nulo,
Mi min ne ligos kun riĉulo.

"Kun kota akv' ne fluas akvo klara,
Neniam vivos mi ĉe Rabubala.
Ne volas ŝafo lupan kunulecon,
De lia domo mi ne volas edzon."

Rediras la svatanto Haĵo:
"La cervoj de la montoĉeno
Ravinon iras por sin-kaŝo.
Kaj l' birdoj restas kie greno
Abundas ege por nutraĵo.

"Se vi ne volas riĉan homon,
Ĉu vi preferus povran domon?
En kabanaĉ' vi senespere
Vivaĉos froste kaj mizere.

"Se povra viro vin alprenos,
Pri manĝ' vi ĉiam zorgoplenos,
Pri matenmanĝ' post la vespera,
Malsatos vi dum vivo tera!"

Aŭdiĝas sekve jen respondo
De Aŝma kara je kaplevo:
"Mil-jara pino sur la monto
Tre rektas ja sen kurb-ricevo.

Por ĉiam rektas povrul-volo
Samkiel arb' sen kurba kolo.

"La povra scias la povrulon
Kaj havas saman kor-postulon.
Se nur ĉe ni la sent' intimos,
Malsaton, froston ni ne timos!"

Nenigra nub' ne pluv-aranĝas,
Nerabobestoj ne hom-manĝas.
Nur malbonulo malbonfaras,
Moral' kaj just' por li malkaras.

"Potencas vort' de Rabubala
Samkiel rok' sur ĝermon fala.
Se volas vin dom-ano lia
Necesas ne konsento via!"

"Mi diris jam: Mi ne konsentas,
Kaj ĝin sentfoje mi akcentas.
Potenca estas tia vorto!
Li provu rabi min per forto!"

5. 혼담이 오가다

아스마가 아리따운 아가씨라는 소문이
라부발라 귀족의 집에도 들려오니,
아스마가 그 귀족 꿈에 자주 보여
이제 라부발라도 욕심이 나는구나.

라부발라 귀족은 아스마를
아들 아치의 신붓감으로 삼고 싶네.
"내 며느릿감으로 마음에 쏙 드는 이는
빼어난 아스마뿐이네."

라부발라 가족은
온종일 의논하여
대나무골 하조(海熱)를
중매쟁이로 보내기로 정하였네.

"세상 사람 모두가 아스마를 칭찬하니
우리가 그 아이를 꼭 데려옴세.
하조, 자네가 온 나라를 두루 다스리니
이제 우리 아들 혼담을 부탁하네."16)

---

16) *주: 부유한 사니인 가문에서는 자주 권세가 있는 사람을 중매쟁이로 청하는데, 이는 청혼을 받는 여자 쪽 집안에서 그런 중매쟁이의 청혼을 거절하기가 어렵기 때문이다.

하조도 이 부탁에 신중한 체하네!
"제가 어리석다고 소문나 있습니다.
군입 다시는 사람이나 중매쟁이 합니다,
제가 걸음 한번 잘 못 디디면
평생토록 그 원성 어찌 감당하겠어요?"

그래도 라부발라는 연거푸 부추기네!
"하조, 자네는 뱀의 혀를 지녔고
앵무새 같은 입도 갖추었네.
하조, 자네에게 아스마 혼담을 부탁함은
자네만이 그 일 해낼 재능 가졌거든.

"만일 아스마를 우리가 얻을 수 있다면,
우린 자네에게 꼭 보상하지.
자네가 황금을 달라면 황금을 주고
자네가 곡물을 달라면 곡물을 주지.
양(羊)도 자네가 원하는 만큼 몰고 가게.

"또 신랑 신부가 새해를 맞으면
돼지머리와 다리, 술 한 통을 들고,
신도 한 켤레, 옷도 한 벌,
바지 두 벌과 머리 두건(頭巾)을 들고
자네 집에 세배하러 보낼 걸세.17)

---

17) *사니인 풍습은, 신혼부부가 음력 정월 초하루에 선물 꾸러미를 들고 자신들의 중매쟁이를 찾아간다.

"그런 선물 마다하지 말게.
이번 혼담은 정말 어려운 일이니
힘 있는 자네가 이 일을 맡아 주게
황금같이 귀한 사업이니 꼭 맡아 주세!"

하조가 좋은 술도 대접받았기에,
이 일 성사시켜 많은 재물 기대하니,
앵무새 같은 입은, 곧 분주히 움직이고,
뱀 같은 혀도 열심히 움직이니–
하조가 결국 이 혼담을 맡기로 했네.

생쥐 머리가 정말 뾰족하다만,
하조 머리가 더 뾰족하네.
벌의 앵–앵–소리에 정말 놀라는데
하조 언변에는 한층 더 놀라네.

"그래, 아스마 부모가
아무리 반대 의견 내놓더라도
내가 꼭 그 부모를
결국에는 설득하고 말리라.

"아스마 오빠 아헤이가
제아무리 신통력을 지녔어도
내가 그 오빠도 복종시켜야지."

성가신 원숭이가 산기슭으로
곡식을 훔치러 내려온다네.
원망스러운 하조가 나쁜 마음을 먹고

아스마 설득하러 도착하네.

“옥수수 열매도 커가면,
제때제때 수확해야 하고.
아스마도 성장했으니,
시집보낼 때를 늦추면 아니 되오.”

아스마의 엄마 대답하길,
“만물 중엔 꿀이 가장 달고,
어미에겐 딸이 가장 소중하지요.
양념을 만들려면 소금이 필요하듯,
어미 없인 딸도 씁쓸하지요.

“딸 아이 시집 보내면
영원히 남의 식구 되지요.
무는 칼로 쉽게 자르지만
우린 이별 자체가 곧 불행이지요.”

중매쟁이 말 들려오네!
“딸이란 한 송이 꽃 같지요,
외간남자가 무일푼이든
황금을 내놓든 그 꽃을 취하지요.
집에는 아들만 있으면 족하지요.

“저녁이면 이슬 내리고
새벽 닭울면 서리 내리듯,
제때 혼사 문제를 풀면
죄를 피함과 같은 것이요.”

이에 아빠가 말하네! “지금 이 순간에
우리가 동의해 딸아이 보내면
우리가 받는 것은 술 한 병뿐이지요.[18]
그럼, 우리는 평생 후회하고
그 술 다 마시면 술병만 남고
평생 슬픔이요, 마음의 병 되지요!

“오빠가 이 혼사 동의하면
오빠가 받는 것은 소 한 마리뿐이지요.
오빠가 그 소를 끝없이 부리지 못하기에
누이만 잃게 됩니다!
소가 제 할 일 한 뒤엔
오빠 마음도 평생 슬픔뿐이지요!

“딸이 소를 끌고 일하러 가도,
딸이 구슬피 울먹임은 오래 가지요.
딸이 일을 마친 소를 데리러 가면,
소도 제 운명에 탄식하며 울지요.
우리가 대나무는 잘라낼 순 있어도
우리 딸 집 밖으로 밀어내진 못하지요.”

어머니가 말을 이어가네!
“딸 아이를 보내고 나면

---

18) *주: 사니인 풍습에 따르면, 새신랑 집에서는 처가의 장인에게 술 한 병, 장모에게 밥 한 광주리, 처남에게 소 한 마리, 올케에게 약간의 아마(亞麻)를 준다.

이 어미에겐 밥 한 광주리만 남을 뿐.
그 광주리 밥, 평생 먹을 것도 아니지요.
딸아이는 낯선 집에서
슬픔과 한탄 속에 못 돌아오니
이 어미 마음엔 슬픔만 남지요."

"올케가 시누이 시집보내며 받는 것은
거친 아마(亞麻) 한 단뿐.
아마로 실 짜는 것도 길지 않고,
시누이가 낯선 집으로 갔으니,
슬픔으로 실을 짜면 그 실은 끝없네요!"

"시집가는 이가 아스마 혼자뿐인가요?"
중매쟁이 하조가 다시 말하네.
"다른 집 아가씨는 시집보내지 않나요?
보세요, 수백 수천의 아가씨가
어버이 곁을 떠나감을요.
보세요, 수천, 수만의 부모가
제 딸 혼인을 주선함을요.

"딸자식이 그리도 아까우면
딸자식을 처녀로 두고
올케언니 나이 되도록 옆에 두고서
딸자식을 노처녀로 만들려고 하오?

"튼튼한 소나무는 언제나
산마루에 늠름하게 서 있어도,
과년한 아가씨가 제 어미 곁에 있으면

부끄러워 그 아가씨는 얼굴 들지 못하오.

“아스마를 열일곱에 시집 보냄을
어버이 두 분이 아깝다 하지만,
아스마 나이 스물에 혼처 찾아 나서면
어버이 두 분께 관심 두는 이 없네요.”

중매쟁이 하는 말을 듣고 나서
어머니는 이제 이런 생각이 드네.
‘오, 딸아, 너도 이제
시집 보낼 나이 되었구나.’

중매쟁이 하는 말을 듣고 나서
아버지는 머릿속에 이 생각이 드네:
‘오, 딸아, 우리가 원치 않아도
이제 시집보낼 나이구나.’

어머니 이제 대답하네.
“딸이 혼사를 의논할 나이에 들었다면,
가문도 존경할 만한 곳만
우리 딸이 관심을 두게 해 주세요.

“귀한 딸의 혼처는
흠 없는 가문이면 어울리지요.
사위와 딸이 침상에 함께 앉으면
사위가 우리 딸을 보며 웃지요.

“사랑채에서 시아버지가 며느리 보면,

시아버지가 진심으로 웃지요.
부엌에서 시어머니가 며느리 보면,
시어머니 얼굴에 언제나 웃음일지요.

“귀한 딸이 시집간 곳이
품행이 단정치 않는 가문이라면,
시아비는 며느리를 도끼도 주지 않고
땔나무 장만해 오라 시킬 것이요.

“딸이 해온 땔나무 세 다발 중
두 다발은 마른 장작인데도,
젖은 장작마저 불에 넣고는,
식구들은 계속 딸에게 구시렁거릴걸요.

“우리 귀한 딸이 시집간 곳이
나쁜 짓만 하는 가문이라면,
시어미가 며느리를 광주리도 안 주고
나물 캐오라며 들에 보낼 거요.

“딸이 캔 나물이 광주리 셋이면
한 광주리는 시든 게 있을 테고,
그 시든 나물마저 다 먹어 치우고도,
시부모의 며느리 구박은 계속될 거요.

“귀한 딸을 시집보냈더니
그 시집이 야만적인 가문이라면,
시집 어버이는 며느리를 바가지도
주지 않고 물 떠오라 할거요.

"맨손으로 세 물동이 길렀는데
깨끗하지 못한 물동이 하나 있을 테고,
시부모는 그 물마저 남김없이 마신 뒤에
며느리에 대한 구박은 끊이지 않을 거요.

"애지중지 키워,
내 가슴의 심장 같은 우리 딸,
딸자식의 고충을 보느니
차라리 시집 안 보내리다!"

다시 중매쟁이 하조가 말하네.
"저기, 아즈디의 아래 지방에
라부발라 가문이 있는데요.
비길 데 없는 은(銀) 기둥에
정말 드문 황금기와 지붕의 집이라구요.

"출입문 문짝마다 황금 용(龍) 장식에
은(銀)으로 된 불사조 장식이 있고요,
곳간마다 곡식 가득하니
그 집에 사는 쥐도 몸집이 크답니다.

"소는 아홉 개 산에 떼로 놀고,
물소는 일곱 개 산에 가득하고,
양도 아홉 개 숲에 가득하고,
산양(山羊)도 일곱 개 숲에 넘쳐요.

"세상 어디에 그런 부잣집
견줄 곳을 찾기나 하겠어요?

이상적인 사윗감 찾는다면
아스마를 그 댁으로 보내세요!"

온종일 아스마는 방목하며
열두 개 산을 오르내리며,
온종일 짐승들을 배불리 먹이고
이제 아스마가 집으로 돌아오네.

길가에 자라는 마디풀[19]잎사귀가
흡사 나비를 닮았다네.
아스마가 이 달콤한 마디풀 보니
내심 반가워 웃는다네.

재주 많고 젊은 아스마가
푸른 잎사귀의 저 마디풀 같네.
즐거이 살아온 아스마는
슬픔이라곤 모른 채 커왔네.

길가에 크는 옥수수 잎이
우아한 소뿔 닮았다네.
아스마가 푸른 옥수수잎을 보니
내심 반가워 웃는구나.

---

19) *역주: 마디풀은 길가나 논둑, 밭둑 등에서 흔히 자라는 마디풀과의 한해살이풀. 질경이처럼 밟혀도 끈질기게 살아가는 대표적인 답압식물. 매듭풀, 옥매듭, 노변초, 분절초 또는 돼지가 잘 먹는다고 해서 돼지풀로도 불림. 어린 순은 식용으로 사용함.

재주 많고 젊은 아스마가
기름지고 푸른 옥수수잎 같네.
행복하게 살아온 아스마
한 번도 슬픔이라곤 몰랐다네.

하늘에 많은 하얀 구름이
먹구름 외투가 될 수 없듯이.
창공의 검은 구름 없이는
억수 같은 장대비가 될 수 없네.

마음씨 착한 아스마는
화낼 줄도 모르고, 욕도 한 적 없다네.
중매쟁이 말이 화근이 아니라면,
착한 아스마가 어찌 화를 내겠는가?

"라부발라 가문이라면 정말
부도덕하기로 소문난 집안이고,
그 집에 자라는 꽃이 벌을 유혹해도
그 벌은 오기는커녕 달아난다 해요.

"제아무리 부자라 해도
제 마음엔 내키지도 않네요.
우리 집이 아무리 없어 보이지만
저는 그 부자와 연을 맺지 않을래요.

"맑은 물이 흙탕물과 함께 흐르지 않듯,
저는 라부발라 댁에 시집살이 안 할래요.
어린 양도 늑대와 함께 살기 싫듯이

저는 그런 가문의 신랑 원치 않을래요.”

다시 중매쟁이 하조 말하네.
“첩첩산중의 사슴들도
제 몸 숨기려 협곡을 찾고
산새들도 영양 많은 곡식
있는 곳에서 지내지요.

“아가씨가 부잣집 사람이 싫으면
가난한 집을 찾아갈 건가요?
움막에서 절망과 추위로
희망이라곤 없이 살아가려오?

“가난한 낭군이 아가씨 데려가면
먹거리 걱정 안 하는 날이 없지요.
저녁밥하고 나면 내일 아침 걱정되니
평생 흙 파먹고 굶주린 채 산다오!”

그 말 뒤, 귀한 아스마가
고개를 들어 답하네.
“천 년을 자랑하는, 저 산의 소나무는
굽힘 없이 늠름하게 자라지요.
가난한 사람의 염원은 저 소나무처럼
고개 숙이지 않고 똑바로 살아감이에요.

“가난을 겪은 사람이 가난한 사람을 알고,
가난한 사람의 마음을 느낄 줄 알아요.
우리에게는 공감의 마음이 중하지,

배고픔과 추위는 무섭지 않아요!"

"검은 구름 아니면 비를 못 내리는 법,
약탈 짐승 아니면 사람을 해치지 않아요,
악인들만 고약한 일 저지르니
도덕과 정의도 그네들 안중에 없어요!"

"라부발라 말씀은 새싹 위로
떨어지는 바위와 같소.
그 가문에서 아스마 아가씨를 원하면
아가씨 동의 있고 없고는 소용없지요!"

"저는 이미 말했어요. 동의하지 않아요.
그리 강조해 말씀드렸거든요.
제 의사는 분명합니다!
그럼 강제로 날 끌고 가 보라 하세요!"

VI. Perforta Edzinigo

Jen naŭdek naŭ korbparoj da viando,
Kaj potoj plenaj naŭdek naŭ da brando,
Cent-dudek-vira novedz-akompano,
Cent-dudek-ŝarĝobesta karavano.

La granda hordo polvopela
Antaŭen kuras – nub' malhela.
Ĝi estas band' de Rabubala
Por Aŝma-n rabi, band' fatala.

La domanar' de Rabubala
Senmastraj gastoj sin prezentas;
Sennovedzina nuptofara
Festeno ilin komplimentas.

Ole' sur lipoj, brandfetoro;
De Haĵo sonas naŭzparolo:
"Solenon signas la gastaro,
Drinkado estas nupt-deklaro,
Por edzinig' ja via volo

Ne gravas kiel por mondfaro!"

Se domen uragan' ululas,
Bambubaril' ne povas bari;
Se rok' malsupren sin alrulas,
Kaban' ne povas kontraŭstari.
Amindan Aŝman el la pordo
Eltrenas ili jen per forto!

"Ho, bona filnjo mia kara!
Ho, filnjo Aŝma senkompara!
Je tag' post tago la lunkorno
Kreskadas ĝis plenronda formo.
Post la velkiĝ' la lun' rerondos,
Sed kiam mi vin rerenkontos?!"

Kaj panjon Aŝma ekkonsolas
Dum larmoj en ŝi kaŝe bolas:
"Ĉe neĝtavolo kovras pinon,
La frosto tamen havos finon,
Ĉar super ĝi la sun' manovras
Se neĝtavol' cipreson kovras,
La arda sun' ĝin ne toleros,
La neĝo certe malaperos.

"Potencas kvankam Rabubala,
Ne restos ĉiam superstara.
Ho, paĉjo, panjo, miaj karaj,
Venigu Ahej-n fraĉjon mian,
Ke tuj li savu franjon sian.
Se fraĉjo mia al mi iros,
Revenon certe mi akiros."

6. 시집에서 강제로 끌고 가다

아흔아홉 광주리에 수육을 담고
아흔아홉 항아리에 술을 채워서
일백스무 명의 남자가 신랑 측을 대표해
일백스무 필의 말을 끌고 오네.

먼지 바람 일으키며 한 무리가
앞으로 달려오니 구름도 어둡구나.
이 무리가 바로 라부발라 가솔(家率)이니
이 무리가 우리 아스마를 뺏으러 오네.

라부발라 가솔은 자기들 말로
주인 없는 손님이라 자신들 소개하네.
라부발라 가솔은 자기들 방식으로
신부 없이도 혼례를 거행하네.

기름을 입가에 묻힌 채, 술기운에
중매쟁이 하조가 메스껍게 연설하네.
“귀빈들이 이 자리를 빛내 주셨고,
오늘 이 술은 혼례를 선언하는 술이요,
귀빈들의 뜻으로 혼례를 거행하니
세상일은 접어두고 즐기소서!”

태풍이 한 번 집에 불어 닥치면
대나무 울타리는 아무 소용없고,

큰 바위가 한 번 구르면
움막은 버팀이 되지 못하네.
라부발라 가솔이 강제로
사랑스런 아스마를 집에서 끌고 가네!

“아이쿠, 내 딸아, 금지옥엽 내 딸아!
아이쿠, 무엇과도 바꿀 수 없는 아스마!
저 초승달도 날이 가면
완전한 보름달로 되고.
보름달이 기울면 다시 둥글게 되는데
우리 딸 떠나면, 언제 볼 수 있을까!”

그러자 엄마를 위로하는 아스마의
눈가의 눈물은 남몰래 뜨겁네.
“소나무에 층층이 쌓인 저 눈도
추위가 사그라질 날 있어요.
저 나무 위로 볕이 들기 때문이지요.
삼나무에 층층이 덮은 저 눈도
뜨거운 볕에는 견디지 못하고,
차가운 눈도 분명 사라져요.

“라부발라 일가 권세가 아무리 당당해도
언젠가 그 세도 끝이 있을 겁니다.
오, 엄마, 아빠, 우리 어버이,
어서 오라버니 아헤이를 불러
오라버니가 이 누이 구하라 하세요.
오라버니가 나를 찾으면
오라버니와 함께 꼭 돌아오겠어요.”

VII. Sopiro

De Supra Aĝdi Aŝma foras
Nun, kiel se ne floroj floras
Printempe kaj la poligono
Junie restas sen burĝono!

La jadbirdoj plue kantas,
Kaj l' blankaj nuboj plu ŝvebantas;
Sed kara Aŝma forrabitas,
Ŝin la gepatroj ne plu vidas!

Gepatroj kompatindaj, ho ve,
Senĉese larmas kordolore;
Kaj ĉiu freŝa tag' denove
Magrigas ilin hor-post-hore.

Gepatroj malfeliĉaj, ho ve!
En tufoj velkaj haroj falas!
Kaj ĉiu freŝa tag' denove
Al ili har-redukton faras.

"Trinkante filnjon mi memoras,
Kaj mia koro ekdoloras.
Mi laborante ŝin ekpensas,
Kaj l' trist' enkora pli intensas.

"En la viv-ĉambro ŝi iradis,
Kaj antaŭ l' domo ŝi ludadis.
Sur la apudtabla sidkuseno
Sidadis ofte ŝi sen ĝeno.

"Samloke restas la kuseno,
Sed foras Aŝma nia beno.
Pro la kusen' por rememoro
Doloras al mi ĉiu horo!

"Ho, jadobird' en la aero,
Vi estu nia kuriero,
Ke hejmen Ahej tuj revenu,
Kje l' karan franjon li reprenus."

La jadobirdoj plue kantas,
Kaj l' blankaj nuboj plu ŝvebantas;
Sed kara Aŝma forrabitas,
Ŝin amikinoj ne plu vidas.

Dum paŝto ili Aŝma-n rememoras,
Iliaj koroj ekdoloras.
Kaj dum brodado ili ŝin ekpensas,
La trist' enkora pli intensas.

La ombra arb' samloke staras,
Sed Aŝma kara nun jam foras;
La komundom' plu fajron faras,
Sed kant' de Aŝma ne sonoras.

Ja ungforŝiro doloregas,
Malamo en la kor' radikas,
La forrabintojn de l' fratino
Malbenas ili, dentgrincigas.

Rigardi al la trist-larmeroj
Kuraĝas eĉ ne l' palaj steloj;
Aŭskulti al la kanto plenda
Kuraĝas eĉ ne l' lun' arĝenta.

"Aprile ĝermas poligono,
En majo transplantiĝas rizo;
Aŭgust', septembr' – rikolt-sezono
Por ili estas en precizo.

"Por plantoj riza, poligona
Alvenos tempo sem-akira;
Por kara Aŝma nia bona
Ja kiam venos tag' hejmira?

"Ho, jadobirdo en la aero,
Vi estu nia flugletero,
Ke hejmen Ahej tuj revenu,
Ke l' karan frajon li reprenu."

La jadobirdoj plue kantas,
Sed kara Aŝma forrabitas,
Ŝin la aĝuloj ne plu vidas.

Ekmemorante Aŝman karan
L' aĝuloj ĝemas kaj malbenas
La malbonfaran Rabubala-n:
"Li belan floron piedpremas!

"Similas Rabubala lupon –
Ĉu Aŝma enu lian grupon!
Ja tigronesto – domo lia,
El ĝi sin savas ŝaf' nenia!

"Ho, jadobird' en la aero,

Vi estu nia flugletero,
Ke hejmen Ahej tuj revenu,
Ke l' karan franjon li reprenus."

7. 그리움

아즈디 위쪽 지방에서 아스마 떠나가니,
시절은 완연한 봄이고, 유월인데도
봄인데도 꽃은 피지 않은 것 같고
유월인데도 마디풀은 싹이 보이지 않네.

물총새들 연이어 지저귀고
하얀 구름 둥둥 떠다니지만,
소중한 아스마 끌려가니
어버이는 이제 딸을 못 보네.

불쌍한 어버이, 이 일을 어찌할까!
부모는 가슴 치며 하염없이 눈물짓네.
하루 지나고 또 하루 지나도
시시각각 부모는 시름이 깊어 가네.

불행한 어버이, 이 일을 어찌할까!
부모의 머리카락 한 뭉치씩 떨어지네.
하루 지나고 또 하루 되어
부모에겐 머리숱은 줄어만 가네.

"물을 마셔도 딸 생각나고
내 가슴 찢어지네.
일에 집중해도 딸 생각에
심중의 슬픔은 커져만 가네.

"이 방에서 딸이 살았고
이 집 앞에서 딸이 놀았고,
탁자 옆 방석에도 자주 앉아
걱정 하나 없이 딸은 지냈는데.

"방석은 저리 제자리 있건만
우리 복덩이 아스마는 그 자리에 없네.
방석을 보면 추억이 새록새록
아픔만 더해지네!

"허공에 나는 물총새야, 얘.
네가 우리 심부름꾼 되어다오,
어서 바삐 아헤이를 돌아오라고,
오라비 와서 누이 구해 오라 해 다오."

물총새들 연이어 지저귀고
하얀 구름 둥둥 떠다니지만,
소중한 아스마 끌려가니
여자 친구들은 이제 아스마 못 보네.

방목하는 소녀들은 아스마 생각에
그 친구들 마음은 아프네.
자수 놓을 때도 아스마 생각에
그 친구들 슬픔은 커 가네.

그늘이 되는 저 나무는 제자리 있지만,
소중한 아스마 이제 그 자리 없네.
공동의 집 불꽃은 여전히 타올라도
아스마 노랫소리 이제 들리지 않네.

손톱이 빠져보면 그 아픔 알듯
가슴 속에 증오가 자리 잡네.
누이를 뺏어 간 사람들에겐
저주받아 마땅하고, 이가 갈리네.

희미한 별조차도 슬픔으로
흘리는 눈물을 감히 비추지 못하고,
은은한 달빛조차 슬픔으로
불평의 노래를 감히 들으려 않네.

“4월엔 마디풀 싹이 나고
5월엔 모를 심어야 하고,
팔구월은 추수하는 계절
우리에겐 모든 것이 정확하네.

“벼와 마디풀이 자라
추수 계절이 돌아와도,
착하고 고귀한 아스마는
언제 우리 집으로 돌아오지?

“허공에 나는 물총새야,
네가 우리 편지 좀 전해 다오
어서 바삐 아헤이를 돌아오라고.
오라비 와서 누이 구해 오라 해 다오.

물총새들 연이어 지저귀고
하얀 구름 둥둥 떠다니지만,
소중한 아스마 끌려가니

동네 사람은 이제 아스마 못 보네

동네 사람은 착한 아스마 생각에
라부발라가 저지른 나쁜 짓을
탄식하며 저주하네.
"그자가 아름다운 꽃을 짓밟았네!

"라부발라는 늑대 같단 말이야.
아스마가 그 집에 들어가게 될 줄이야!
그 집은 - 호랑이 소굴이라던데.
그 집엔 양 한 마리도 내빼지 못했다네!

"허공에 나는 물총새야, 얘.
네가 우리 편지 전해 다오,
어서 바삐 아헤이를 돌아오라고,
오라비 와서 누이 구해 오라 해 다오."

VIII. Revenis Fraĉjo Ahej

Sed brava Ahej, ŝia frato,
Por paŝti iris malproksimen.
Forpasis tutaj sep monatoj,
Sed li ne pensis veni hejmen.

Ĝisiris li eĉ lokon tian,
Kien neniu iris iam;
Trans dek du montojn kun la grego
Li iris ĝis la Riverego.

Por rokoj kies akompano?
La granda arb' de flavkaŝtano.
Al Ahej kiu kamaradis?
La fluto kun li vojaĝadis.

Tri nodojn havas bambufluto
Kaj sep truetojn en la tuto.
El ili unu por buŝblovo,
La aliaj por perfingra ludo.

Li sin esprimis per ton-kvino,
Fluadis lia pens' sen fino:
"Ho, hejmrestantaj miaj karaj,
Ĉu aŭdas vi la notojn klaraj?"

Turmentis nokt' obskura
Ahej-n per sonĝ' terura:
Fluego en la hejma korto,
Kaj serpent-monstro antaŭ l' pordo.

Ahej ekpensis, ke probable
En hejm' fariĝas malagrable.
Tagnoktojn tri li marŝi penis
Kaj fine l' hejmon li alvenis.

Kaj tuj demandojn li ekfaras:
"Pro kio en la korto nia
Boteloj ŝton-arbare staras?
Regalo pro okazo kia:
Por kiuj la festeno tia?

"Jen hundoj sur la kortoplaco
Pro ostoj estas en malpaco.
Por kiuj la regalo tia?
Pro kio la festeno tia?"

"Sterniĝas verdaj sur la korto
Kaŝtanfolioj en malordo.
La festo pro okazo kia?
Por kiuj la festeno tia?

"Piedpremitaj poligonoj
Diskuŝas en la bovostalo.
Ja kiuj estas la personoj
Farintaj tion sen moralo?"

Plorante panjo lia
Respondis tre amare:
"Ho, bona filo mia,
Rabitas Aŝma kara
De l' bruta Rabubala!"

"Kiom da tagoj pasis?"
"Tagnoktoj tri forpasis."
"Ĉu eblas kuratigo?"
"Jes, sur ĉeval' distinga."

"Ĉu la flavvizaĝa in-ĉevcalo
Nun estas hejme?" "Jes, en stalo."
"Ĉu la pafarko kaj la sagoj
Nun pretas hejme?" "Jes, por agoj."

Aŭdinte, ke Ahej hejm-venas,
La loĝantaro tuj ĝojplenas.
Aŭdinte ke Ahej hejmsidas,
Konsili ĉiuj alrapidas.

"Ja mortas flor' pro mank' de tero,
Ne eblas vivi en kratero.
Por savi Aŝma-n tuj sursidu
La ĉevalinon kaj rapidu."

Surdorse kun pafark', saguj'
Li sur-ĉevalen saltis tuj
Jen tintiletoj ekmurmuras,
Al Aŝma Ahej flug-postkuras.

8. 오라버니 아헤이 돌아왔네

용맹을 자랑하는 오라버니 아헤이는
방목하러 멀리도 갔다네.
떠나온 나날이 일곱 달을 넘겼지만
아헤이는 귀향 생각은 아직 없네.

아무도 이제까지 가 보지 않은 땅에
아헤이가 용감하게 그곳까지 갔다네.
방목 짐승 데리고 열두 개 산 넘고 넘어
아헤이가 가 보니 드넓은 강이 있네.

바위들 옆에 누가 함께 하지?
누런 밤이 열리는 큰 밤나무라네.
아헤이 옆에 누가 길동무하지?
먼 여행의 길동무는 피리 하나라네.

대나무 피리는 마디가 셋이고
작은 구멍 일곱 개 뚫어져 있네.
그중 하나는 입으로 불고,
그중 여섯은 손가락으로 연주하네.

아헤이가 입으로 오음(五音)을 내니
그의 생각이 피리로 끝없이 흘러나오네.
"오, 내가 사랑하는 가족아,
이 맑은 음색이 들리나요?"

어느 날, 캄캄한 밤에 아헤이는
무서운 꿈을 꾸자 깜짝 놀랐네.
집 마당에 물이 가득 잠기고,
문 앞에는 이무기 모습이 보였네.

집에 무슨 일이 있나 보다, 필시.
아헤이 불길한 예감에 사로잡혀,
사흘 밤낮을 달리고 달려
아헤이가 마침내 집에 도착했네.

집에 들어서자 아헤이 당장 묻네.
"왜 항아리들이 집 마당에
돌산처럼 저렇게 많아요?
무슨 잔치를 벌였나요?
누구를 위한 연회였나요?

"저 마당에 개들은
뼈다귀 먹느라 으르렁대는군요.
무슨 잔치를 벌였나요?
누구를 위한 연회였나요?

"푸른 밤나무잎들이
저렇게 마당에 어지러이 놓여 있군요.
무슨 잔치를 벌였나요?
누구를 위한 연회였나요?"

"저 마디풀도 짓밟힌 채
외양간에 저리 많이 흩어져있네요.

도대체 저리 예법도 모르는
일을 저지른 작자가 누굽니까?"

어머니 울먹이며
비통과 울분으로 대답하네.
"오, 착한 내 아들아,
소중한 우리 아스마를
짐승 같은 라부발라가 뺏어 갔구나!"

"며칠 지났어요?"
"사흘 지났단다."
"달려가면 붙잡을 수 있을까요?"
"그래, 출중한 말을 타고 나서면."

"노란 얼굴의 암말이 지금
집에 있지요?" "그래, 외양간에 있지."
"활과 화살도 지금
집에 있지요?" "그래, 챙겨두었지"

아헤이 돌아왔단 소식에
마을 사람들 정말 기뻐하네.
아헤이가 집에 왔단 소식에
모두 서둘러 의논하러 모였네.

"꽃이란 정말 살 땅이 없으면 죽지.
화산 분화구엔 생명이 못 살지.
아스마를 구하려면 어서
저 암말을 타고 쫓아가야 하네."

아헤이는 활과 화살집을 둘러메고
즉시 말 위로 뛰어올랐네.
이제 방울 소리를 울리며,
아헤이는 아스마 뒤쫓아 날듯이 가네.

IX. Dum Tintsonor' kaj Jadbirdkanto

Montvale hurlas kirlovento,
Nubozas tuta l' firmamento.
Kuras la band' kun Aŝma kara
Al la hejmlok' de Rabubala.

La mont-krutec' pli-pli imponas.
Al Aŝma Haĵo fanfaronas:
"Ĉe l' fronta dentrokeg', en kavo
Kultiĝas digne liaj avoj.[20]

Respond' de Aŝma jen eksonas:
"Se mi ne povas antaŭdiri,
La estintaĵojn tamen konas:
Ĉe tiu loko kaŝas ili
Rabaĵojn. Vanas trompbabili."

---

20) *traduknoto: La sanioj kutimas tenadi endome la kulttabuletojn de siaj prapatroj de la lastaj 3 generacioj kaj meti tiujn de la ceteraj prapatroj en keston, kiun oni konservas en montkavo por esprimi sian respekton.

Sur voj' montara, tra arbaroj
Laŭdadas Haĵo pri l' barbaroj:
"En la laget' kun akvo klara
Lavadas oron Rabubala."

Respond' de Aŝma jen eksonas:
"Se mi ne povas antraŭdiri,
Mi pasintaĵojn tamen konas:
En tiu lago lavas ili
Sangmanojn. Vanas trompbabili."

Babilas Haĵo trompa-cele,
Sur voj' trans montoj, torentbaroj:
"Frontmonte staras jen malhele
Iliaj pir-, persik-arbaroj."

Respond' de Aŝma jen eksonas:
"Se mi ne povas antaŭdiri,
Mi estintaĵojn tamen konas:
Nur lupajn, tigrajn bredas ili
Arbare. Vanas trompbabili."

Senfinan vojon ili kuris,
Sennombrajn montojn grimp-ascendis;
Jen antaŭ ili lok' teruris –

La hejm' de Aĉi sin prezentis.

Se ankaŭ floroj tiuloke
Kreskadas – floras nur malloge.
Neniu sola flor-abelo
Alflugas tien por mielo.

Arbaroj kvankam ankaŭ tie
Troviĝas, tamen vagas ĉie
Teruraj sovaĝbestaj hordoj
De lupoj, tigroj, leopardoj.

Vidante ŝafon, kiu grasas,
Malsata lup' saliv-ellasas.
Vidante Aŝman Aĉi lumas,
Simie li ekpalpebrumas.

Amase montras li da oro
Al Aŝma, ridas li el koro;
Montranta al grenej' kaj grego,
Li blufas pri sia riĉego.

Brilante or' obsedas,
Radias jen arĝento;
Sed Aŝma ne ridetas,

Sin turnas de la tento.

"Ho, Aŝma bela kun renomo
Pro kio nia riĉa domo
Ne plaĉas al vi? Pro kio
Ne plaĉas nia familio?"

"Se l' gren-amaso via montrus,
Mi vivi kun vi ne volontus.
Eĉ se l' or-pecoj hufe grandas,
Min ili vane bril-logantus.

"Se amon havas mi por iu,
Malhelpi povas ja neniu.
Al kiu mia am' eternos,
Neniel tio vin koncernos."

Jadbirdoj sur-ĉiele trilas,
Kaj supre l' suno arde brilas.
Galopas Ahej. ŝvit' torentas;
Pro Aŝma zorgoj lin turmentasa.

Dutag-etapon sola-tage
Galopis li de mont' al monto,
Sennombrajn montojn kuris sage,

Turmentojn mil transsaltis sen ponto.

Veninte al tri-dom-vilaĝo,
Demandis li al onklo aĝa:
"Ĉu Aŝma-n pasi ĉi-direkte
Ekvidis vi sterkaĵ-kolekte?"

"Mi ja ne vidis Aŝma-n vian,
Sed grandan geedzigan grupon
En silkaj vestoj, hordon tian,
Kia similas grizan nubon."

"Kiom da tagoj jam pas-kuris?"
"Tagnoktojn du mi forkalkulis."
"Ankoraŭ nun kuratingeble?"
"Sed per ĉeval' rapida nepre.

"Transkuru dekdu-montan baron,
Transsaltu dek du monttorentojn,
Trakuru nigran pinarbaron,
Vi tiam vidos la taĉmenton."

Ahej re-startas kun nebulo
De polv', la bruton vip-stimulas.
Laŭ voj' montrita de l' aĝulo

Li fluge Aŝma-n plu postkuras.

Ĉe la loĝej' de Rabubala
La sun' sabotas grize pala.
La jadobirdoj ĝin evitas,
Kaj l' honestuloj ne vizitas.

"Knabino plena de fiero!"
Ekkriis Aĉi en kolero.
"Gepatrojn viajn mi forpelos
El Aĝdi, se vi plu ribelos!"

Aminda Aŝma staras rekta
Samkiel bambutrunk' perfekta.
La okuloj ŝsiaj kiel gemo
Radias brile sen timemo.

"Ne povas min blindigi oro,
Nek min teruri blufparolo.
La parcel-tri' kaj l' domo restas
Al ni, ne via Aĝdi estas."

Aŭdinte tion, Rabubala
Eksaltas kvazaŭ ran' reala.
Li ŝin faligis sur la plankon,

Kruele skurĝis ĉiun flankon.

"Pasinte jam en nian pordon
Vi iĝis nia laŭ destino,
Kaj spite vian rifuz-vorton
Al Aĉi iĝos vi edzino."

Respondis Aŝma la aminda
Spitante ĉu minaci aŭ ne;
"Rifuzon estas mi farinta;
Mi ne konsentos, naŭdek naŭ NE!"

Rabubala acidas pli akre
Ol la ĉeriz-kapsiko seka,
Enfermis Aŝma-n en karcero
Por ŝin moligi per sufero.

Aere l' jadobirdoj trilas.
Kaj supre l' suno arde brilas.
Galopas Ahej, ŝvit' torentas,
Pro Aŝma zorgoj lin turmentas.

Kuregas fluge la ĉevalo
En sola spir' tra du montvaloj.
De l' henoj tremas mont' kaj l' tero,

La hufoj flugas en l' aero.

Veninte al du-dom-vilaĝo,
Demandis li al onjo aĝa:
"Ĉu dum bovpaŝto vidis foje
Vi Aŝma-n pasi tra-ĉivoje?"

"Mi ne ekvidis Aŝma-n vian,
Sed grandan edzin-prenan trupon
En silkaj vestoj, bandon tian
Kia similas grizan nubon."

"Kiom da tagoj ĝi forlasis?"
"Unu diurno jam forpasis."
"Ankoraŭ nun kuratingeble?"
"Sed per ĉeval' rapida nepre.

"Ankoraŭ tridek montojn pliajn
Kurinte vidos vi l' malpiajn
Bandanojn. Se ne, kuru vi do
Plu sepdek montojn por ekvido.

"Se tiam tamen vi ne vidus,
Do pliajn naŭdek transrapidu.
Ĉe pinarbar', abeloj ĉie –

Vi ĝin atingos eble tie."

Ĉevalon Ahej jen sursaltis,
Kaj ĝian buŝon vipe batis,
Li fluge Aŝma-n plu postspuris.

Ĉe l' infer-dom' de Rabubala,
La sun' sabotas grize pala;
La jadobirdoj ĝin evitas,
Kaj Aŝma-n nun suferoj fritas.

"Ho, tiu ĉi karcero
Humida kaj malhela,
Sen fluo de aero,
Sen suno brila, bela….

"Jen kiu krias nun ekstere?
Ĉu vokas la gepatroj, vere?
Aŭskultu mi atente –
Nur griloj tie ĉirpas plende!

"Kio ekstere fulme lumas?
Ĉu flugĉevalo palpebrumas?
Rigardu mi atente –
Nur du lampiroj flirtas tente!"

Aere jadobirdoj trilas,
Kaj supre l' suno arde brilas.
Galopas Ahej, ŝvit' torentas,
Pro Aŝma zorgoj lin turmentas.

Dutagan vojon li sol-tage
Trapasas. Arboj flugas sage
Por lin. Kvintagan li veturas
En du – la montoj retrokuras.

Veninte li al sol-kabano
Demandis al ŝafist-infano:
"Frateto, ĉu vi vidis foje
Trapasi Aŝma-n traĉivoje?"

"Mi vidis ja ne Aŝma-n vian,
Sed grandan edzin-prenan trupon
En silkaj vestoj, bandon tian,
Kia similas grizan nubon."

"Kiom da tagoj ĝi forlasis?"
"Nur duontage jam forpasis."
"Ankoraŭ nun kuratingeble?"
"Sed per ĉeval' rapida nepre."

"Se vi la vipon bate svingos
Sepdek du fojojn, vi atingos
La Dekdurokon. Vi tri-foje
Ŝin voku, kaj ŝin vidos voje."

Dum tintsonor' kaj jadbirdkant' konkuris,
Torentojn, danĝerejon li transkuris.
Kun kuraĝego eksterordinara,
Li venis al la dom' de Rabubala.

"Ho, Aŝma! Aŝma! Aŝma kara!"
Tri vokoj de Ahej jen laŭtis.
Simile cikadĉirpojn, tamen klaraj –
Karcere Aŝma ilin aŭdis.

Ho, kiel Aŝma ĝojis kore,
Eksonis tuj l' koŭŝen-zumado
Responde al la vok' de l' frato.

Ne de tajfun', nek fulmoj, tondroj,
Sed de l' kriad' de Ahej kara
Tremadas nun la ter' kaj montoj
Kaj ankaŭ l' dom' de Rabubala.

9. 방울 소리와 물총새 노래소리 들리는데

산기슭 바람은 세차게 불고,
하늘에 구름은 천지를 덮네.
소중한 아스마를 데려가는 무리는
라부발라 고향 집으로 달려가네.

산이 가파르고, 점점 험준해지고
하조는 아스마에게 거짓말로 자랑하네.
"저 동굴 앞의 저 큰 바위에
라부발라 선조를 모셨네."[21)]

아스마 대답하길,
"앞날은 예측하며 말할 수 없어도
지나간 일은 다 알겠어요.
저곳엔 저들이 약탈재물을 숨겼지요.
거짓말은 소용없어요."

숲을 지나 산길에도 하조는 오로지
그 야만인 칭찬을 늘어놓네.
"라부발라는 저 호수 맑은 물에

---

21) *주: 사니인은 자신으로부터 3대조까지의 선조 위패는 집안에 모시고, 4대조 이상의 선조 위패는 산의 동굴에 모시는 풍습이 있음.

늘 황금을 씻어왔다오."

아스마 대답하길,
"앞날은 예측하며 말할 수 없어도
지나간 일은 다 알겠어요.
저곳엔 저들이 피 묻은 손을 씻었지요.
거짓말은 소용없어요."

그래도 하조의 거짓말은 끝이 없네.
산 넘고 물 건넌 길에서도,
"저 앞산의 울창한 복숭아나무숲,
배나무숲이 모두 라부발라 재산일세."

아스마 대답하길,
"앞날의 예언은 할 수 없어도
지나간 일 난 다 알겠어요.
저곳엔 저들의 늑대와 호랑이들뿐이에요.
거짓말은 소용없어요."

끝없는 길을 그들은 달려갔고,
무수히 많은 산을 넘고 또 넘네.
이제 그들 앞에 공포스럽게도,–
바로 라부발라 아들 아치의 집이 보이네.

꽃들이 그곳에도 자라지만
매력이란 없이 피어 있고,
벌 한 마리도 이곳의 꽃에
꿀 따러 날아들지 않네.

숲도 그곳에 여럿 보이지만,
온통 무서운 짐승들뿐.
늑대 호랑이 표범들이
울부짖으며 돌아다니네.

살진 양을 발견하면
굶주린 늑대가 침 흘리듯이
아스마를 처음 보니
아치의 눈은 원숭이처럼 깜박이네.

아치는 가득 쌓인 황금을
아스마에게 보이며 진심으로 웃네.
곳간과 가축을 가리키며
아치는 부자라고 허세를 부리네.

황금이 눈부시고 현란해도
순은이 반짝이며 찬란해도,
아스마 입가에는 웃음없고
유혹에는 더욱 무심하네.

"오, 명성대로 아름다운 아스마,
무슨 까닭으로 우리 부잣집이
맘에 들지 않는가요? 또 무슨 이유로
우리 가문을 싫어하는가요?"

"곳간의 곡식이 아무리 쌓여 있어도
나는 당신과 살고 싶지 않아요.
황금 조각이 발굽처럼 커도
나는 그 황금빛 유혹도 이겨낼 거요.

"내가 누굴 사랑하면
아무도 내 사랑 방해할 수 없지요.
사랑하는 이에 대한 내 사랑 영원해도
당신과는 전혀 아니거든요."

물총새는 허공에서 지저귀고
저 위로는 태양이 작열하네.
아헤이 달려가니 땀이 비 오듯 하고,
누이 아스마 걱정이 태산이네.

아헤이는 이틀 걸릴 산길을
하루 만에 통과하여,
셀 수 없는 산을 화살처럼 달려가니,
일천 개의 고통도 단숨에 뛰어넘네.

아헤이가 집 세 채 있는 마을에
도착하여, 어느 아저씨께 물어보네.
"아저씨, 쇠똥을 주우면서 혹시
아스마 일행이 가는 것 못 보았나요?"

"자네가 말하는 아스마는
정말 내가 못 보았지만
비단옷에, 회색 구름처럼 떼를 지어
신행길 가던 사람들은 보았소."

"며칠이 지났습니까?"
"밤낮이 두 번 지났지."
"지금 달려가면 따라잡겠습니까?"

"말(馬)이 빠르면야."

"열두 개의 산 경계를 넘어가야 하고
열두 개의 산 개울도 뛰어넘어 가게.
그리곤 검은 소나무 숲으로 달려가게.
그러면 그 무리를 볼 수 있겠네."

먼지와 구름 속에 아헤이는
말을 다그치며 다시 출발하네.
아저씨가 가르쳐준 길을 따라
아스마를 찾으려고 날듯이 가네.

라부발라 일가의 집에는
태양도 비추기 싫어 흐리네.
물총새도 이 집을 피해 날고,
정직한 사람은 아예 오지를 않네.

"정말 당찬 아가씨군!"
화가 치민 아치가 외쳤네.
"네가 계속 반항하면,
네 부모를 아즈디에서 쫓아버릴 테다!"

사랑스런 아스마의 꼿꼿한 모습은
늠름하게 뻗은 대나무 줄기 같네.
보석처럼 빛나는 아스마 눈빛엔
두려움이라곤 전혀 보이지 않네.

"당신의 황금에 나는 눈멀지 않았고
그 허튼 소리에 나는 두려워 않아요.

땅 세 필지와 우리 집은 우리 소유인데,
아즈디의 당신네 땅에는 속하지 않아요!"

아스마의 이 말에 라부발라가 날뛰니
그 모습이 실제 개구리 뛰는 모습이네.
라부발라는 아스마를 바닥에 넘어뜨려
잔혹하게도 매질하는구나.

"우리 집 대문을 네가 넘어섰으니
우리 식구 되는 건 운명이야.
네 아무리 반항해도
너는 아치의 아내로 살아야 해."

협박에 굴복하지 않고
사랑스런 아스마 답하네.
"난, 아니오, 난 동의 못 하오.
아흔아홉 번 모두 **아니오!**."

마른 고추보다 더
매운 라부발라는
이제 아스마를 감옥에 가둬 놓고
고통 속에 항복하기를 바라네.

물총새는 허공에서 지저귀고
저 위로는 태양이 작열하네.
아헤이 달려가니 땀이 비가 오듯 하고,
누이 아스마 걱정이 태산이네.

말이 나는 듯이 달리니
단숨에 두 골짜기 지나네.
말 울음소리에 산천이 진동하고
말발굽은 허공에서 날아가네.

아헤이가 집 두 채 있는 마을에 도착하여
어느 아주머니에게 물었네.
"아주머니, 혹시 소를 돌보면서 이 길에
아스마 지나가는 것 못 보았나요?"

"그대가 찾는 아스마를
내가 보지 못해도
비단옷 입고 회색 구름 떼처럼
신행길 가던 사람들은 보았네요."

"며칠이 지났습니까?"
"하루가 방금 지났지."
"지금 달려가면 따라잡겠습니까?"
"말이 빨라야만."

"산을 앞으로 서른 개 정도 넘으면,
경박스런 도적 일당을 만날 거요.
아니면, 더 앞으로 달려가면
다시 일흔 개 산을 넘어야지요.

"그래도 그때 못 만나면,
그땐 다시 아흔 개 산을 넘으면,
소나무 숲에, 벌이 천지인-

그곳에서 그자들 집을 만날 거요."

다시 아헤이는 말에 올라타고,
채찍으로 말의 입을 후려치네.
아주머니가 가르쳐준 길 따라
아스마를 뒤쫓아 달려가네.

라부발라의 지옥 같은 집에는
태양도 비추기 싫어 흐리네.
물총새들이 이 집을 피해 날고,
지금도 아스마는 괴롭힘을 당하네.

"오, 이 감옥은
눅눅하고 어두워
숨도 막히는 것 같고,
빛나고 아름답던 해도 없으니...

"아, 누가 밖에서 외치는가?
정말, 부모님이 나를 찾는 소리일까?
자세히 들어보자. –
귀뚜라미 소리만 요란하게 들리네!

"밖에 번개처럼 번쩍하는 것은 뭘까?
나르는 말이 눈을 깜박였나?
내가 자세히 한번 보자.–
개똥벌레 두 마리가 유혹하며 나네!"

물총새는 허공에서 지저귀고
저 위로는 태양이 작열하네.

아헤이 달려가니 땀이 비가 오듯 하고,
아스마 걱정이 태산이네.

아헤이는 이틀 길을 하루에 달리고
나무들이 그의 뒤로 쏜살같이 날아가네.
아헤이가 닷새 길을 이틀 만에 달리니
산들이 거꾸로 달려간다네.

아헤이는 어느 움막 한 채 있는 곳에
도착하여 목동 아이에게 묻는다네.
"아우님, 이 길로 혹시
아스마 지나가는 것을 못 보았니?"

"형님이 찾는 아스마를
내가 보지 못했지만,
비단옷 입고 회색 구름 떼처럼
신행길 가던 사람들은 보았어요."

"며칠이 지났는가?"
"반나절 되었지요."
"지금 달려가면 따라잡을 수 있겠니?"
"말이 빠르면요."

"형님이 그 채찍으로 일흔두 번 때리고
휘두르면, **열두바위**까지 가고,
그곳에서 두서너 번 부르면
그 누이도 길에 나와 볼걸요."

방울소리 물총새 소리 서로 자랑하고
아헤이 급류와 위험에도 달려 지나가네.
최고로 빨리 달려
마침내 라부발라 일가 집에 도착했네.

"오, 아스마! 아스마! 소중한 아스마!"
아헤이가 세 번 크게 불렀네.
이 외침은 매미 울음소리 같아도
분명해서 갇혀 있던 아스마도 알아듣네.

아, 아스마 마음속으로 얼마나 기뻤던지,
곧 코우센 피리를 꺼내 부니,
코우센 소리가 곧 오빠 부름의 답이네.

태풍, 천둥, 번개 때문이 아니라
누이 찾는 아헤이 외침에
온 산천이 흔들리고
라부발라 집도 흔들리네.

X. Konkurso

Sed fermis Aĉi la fer-pordon,
Ke Ahej ne eniru l' korton.

"Flavkuk' fariĝas el milio,
Konkursu ni pri afer-serio;
Kaj riz-bakaĵo [22] 'stas el rizo,
Konkursu ni pri sci-provizo.

"Se l' finan venkon vi akiros,
La korton tiam vi eniros;
Se vi venkitos en la ordo,
Vi restos ekster nia pordo."

"El la ŝose-dekduo
Aŭ la vojet-dektrio
Elektu sen tabuo, elektu vi el ĉio.

"Mi ĉiam agas justakore,
Do certe venkos vin honore;
Vi maljustaĵojn multe faras,

---

22)* traduknoto: Bakita rizo, blanka, malkompakta kaj iom bonodora.

Do vane l' vojon pene baras."

Jen Aĉi sidas sur kort-muro,
Dum sub fruktarbo la bravulo.
Demandi Aĉi ne prokrastas,
Respondi Ahej ne tro hastas.

"Printempe kiu birdo kantas?
Printempe kiu bird' regantas?"

"Kukolo kantas en printempo,
Kaj je l' kukola alventempo
La herboj ĝermas en prospero,
Disfloras sekve l' primavero."

"Somere kiu birdo kantas?
Somere kiu bird' regantas?"

"Alaŭdo kantas en somero,
Je ĝia trilo en la aero
La lotusplantoj ekdisfloras,
Kaj la someron pridekoras."

"Aŭtune kiu birdo kantas?
Aŭtune kiu bird' regantas?"

"La kaprimulgo en ĝi trilas.
Je ĝia kanto tuj ekbrilas
La prujno. Kaj l' aŭtunsezono
Alvenas laŭ la bird-kanzono."

"Kaj vintre kiu birdo kantas?
La vintron kiu bird' regantas?"

"En vintro la sovaĝansaero
Kriadas en la frostaero.
Je ĝia voko neĝ' ekfalas,
Severan vintron ĝi signalas."

Tagnokton ili kantduelis.
La kol' de Aĉi ruĝis, ŝvelis.
Li kantis pli-pli febla, raŭka,
Simile al bufaĉo glaŭka.

Diurnon tutan Ahej kantis.
Vizaĝo lia ridetantis.
Li kantis pli-pli energie,
Ne l' cikad-kanto laŭtas plie.

Elĉerpis Aĉi l' lastan vorton,
Sed Ahej montris freŝan forton:

"Ja kiu estas dorndoninto
De l' frukarbaro sub montpinto?
Kaj kiu estas la kreanto
De ŝaffekbuloj, he pedanto?"

Eĉ vorton Aĉi ne eltrovis,
Respondi Ahej-n li ne povis;
Li devis nun malfermi l' pordon,
Ke Ahej iru en la korton.

En korto de l' barbara
Ahej tuj Aŝma-n vokis:
"Ho, Aŝma! Diru kara,
Vin kie ili lokis?"

Sed Rabubala al li diras:
"Jen tri hakiloj akraj brilas.
Se pli ol ni vi ja rapidos
En arbfaligo, vi ŝin vidos."

"El la ŝose-dekduo
Aŭ la vojet-dektrio
Elektu sen tabuo,
Elektu vi el ĉio.

"Mi estas ĉiam justofara,
Min certe vidos franjo kara.
Pro via daŭra just-ignoro
Dum hako tremos via koro."

La fil' kaj patro pene agis –
Nur arbareton ili hakis.
Sed brava Ahej mem en solo
Grandegajn tri – ne hiperbolo!

Jen Rabubala, post fiasko,
Denove ruzas per fitasko:
"ĉi tag' malhelpas hakojn tiajn,
Do greftu ĉiu arbojn siajn."

Ekpensis Ahej en la koro:
"Ne gravas ŝanĝo de laboro.
Mi vidu kiel artifikos
Vi plue, kiel ĝi efikos."

La fil' kaj patro greftis nuran
Arbaron tre tre et-mezuran.
Sed brava Ahej mem en solo
Grandegajn tri – ne hiperbolo!

Jen Rabubala, post fiasko,
Denove ruzas per fitasko:
"Ne taŭgas nun greftado tia,
Konkursu pri semad' milia."

Ekpensis Ahej en la koro:
"Ne gravas ŝanĝo de laboro.
Mi vidu, kiel artifikos
Vi plue, kiel ĝi efikos."

La fil' kaj patro semis nuran
Parcelon tre tre et-mezuran.
Sed brava Ahej mem en solo
Grandegajn tri – ne hiperbolo!

Nun rabubala, post fiasko,
Denove ruzas per fitrasko:
"Ne taŭgas nun disŝtut' de semo,
Konkursu ni pri sem-repreno."

Ekpensis Ahej en la koro:
"Ne gravas ŝanĝo de laboro.
Mi vidu, kiel artifikos
Vi plue, kiel ĝi efikos."

La patro, fil' malsemis nuran
Parcelon tre tre et-mezuran.
Sed brava Ahej mem en solo
Grandegajn tri – ne hiperbolo!

Jen Rabubala al li iras
Kun falsa rido li ekdiras:
"El la semkavoj po grajn-trio
Mankas tri el via porcio."

"La verda pino sur la monto
Ne timas venton el sorĉ-fonto.
La tri gren-semojn mi retrovos,
Bravulon venki vi ne povos."

La sun' komencas jen subirei,
Alaŭdoj ĉesas plue trili,
Sovaĝaj hundoj jam ne bojas;
Por serĉi l' semojn Ahej vojas.

Li iras, iras ĝis tre fore,
Eklumas jam la tag' aŭrore.
Jen teron plugas maljunulo;
Briladas lia sok-spegulo.

"Bonkora avo, respektinda,
Tri grajnojn estas mi perdinta.
Bonvolu diri, kien iru
Mi, ke mi ilin reakiru."

Afable diras li responde:
"Perditan bovon serĉu monte;
Sarkilon, kampe; kaj vi trovos
La semojn se surarbe provos.

"Tri fojojn kriu vi sur-monte,
Tri fojojn kriu vi sub-monte,
Sur arbo ĉe la monttalio,
Troviĝos certe turto-trio.

"Rigardas du al l' oriento,
La meza al la okcidento.
Faligu l' mezan vi per sago,
La grajnojn trovu en kropsako."

Fortege Ahej tuj arkpafis
Veninte l' arbon per galopo.
La sag' la turdon ĝuste trafis,
Tri grajnoj falis el la kropo.

10. 솜씨 겨루기

하지만 아치는 쇠 대문을 굳게 걸어
아헤이를 마당에 들어오지 못하게 하네.

"노란 떡은 기장으로 만들고
우리 일은 서로 겨뤄 보자.
하얀 떡[23]은 쌀을 빚어 만들고
우리 재주 누가 더 나은지 겨뤄 보자.

"만약 네가 최종 승리하면
그땐 너를 마당에 들어오게 하마.
만약 네가 최종 패배하면
그땐 우리 쇠 대문 넘지 못해."

"열두 개 신작로 중에서나
열세 개 오솔길 중에서 개의치 말고
네가 하고 싶은 것을
하나 골라라."

"나는 언제나 정의로운 마음으로
명예롭게 너를 이길 것이고,
네가 계속 불공정한 행동으로
나의 앞길 막아서도 소용없으리라."
아치는 지금 마당의 담에 앉아 있고,

---

23) *역주: 단단하지 않고 무르고 향기 있음.

아헤이는 과일나무 아래 서 있네.
아치가 지금 연이어 묻지만,
아헤이는 서둘지 않고 대답하네.

"봄에 노래 잘하는 새는?"
"봄을 대표하는 새 이름은?"

"뻐꾹새 봄에 노래하고
뻐꾹새 제때 오면
초목은 전부 싹이 돋고
그러면 씨앗도 활짝 피네."

"여름에 노래 잘하는 새는?"
"여름을 대표하는 새 이름은?"

"종달새 여름에 노래하고
종달새 소리가 들려오면
연못에 연꽃이 피어
온 여름을 장식한다네."

"가을에 노래 잘하는 새는?"
"가을을 대표하는 새 이름은?"

"부엉이 가을에 노래하고
부엉이 소리가 들려오면
서리 내리고, 또 가을은
부엉이 노래 따라서 오네."
"그럼, 겨울에 노래 잘하는 새는?"

"겨울을 대표하는 새 이름은?"

"겨울엔 기러기가 추위에
울음 울고, 그땐
눈이 하얗게 내리고
매서운 겨울을 말하네."

두 사람이 밤낮으로 노래 대결 벌였네.
아치는 목이 붉어지고, 부어올랐다네.
아치 목소리는 점점 약해지고 거칠어
청록색 두꺼비 녀석 같은 모습이네.

온종일 아헤이도 노래를 불렀지만
아헤이는 만면에 웃음뿐이네.
아헤이 목소리는 더 열성적이라,
매미 소리도 이보다 높지 않네.

아치는 마지막 노래마저 다 써버렸지만,
아헤이가 아직 힘이 남아 물어보네.
"산마루 아래 저 과수원을
가시밭으로 만든 사람이 누구인가?
양(羊)의 똥을 주워 덩어리 만드는 이
누구인가, 잘 난 선비인가?"

이번에는 아치가 답할 차례인데,
아헤이가 묻는 말에 답을 못하네.
아치가 결국 쇠 대문을 열어
아헤이를 마당에 들어서게 하는구나.

아헤이는 야만의 그 집 마당에
들어서자 곧장 아스마를 불렀다네.
“오, 아스마! 누이야, 어디 있어?
아스마, 너는 어디 있니?”

이번엔 라부발라가 아헤이에게 말하네.
“여기 날카로운 도끼 세 자루 있는데
우리 중 자네가 가장 먼저 나무를
쓰러뜨리면, 자네 누이를 보여주지.”

“열두 개 신작로 중에서나
열세 개 오솔길 중에서 개의치 말고
부자(父子)인 두 분이 하고픈 것을
하나 고르시오.

“나는 언제나 정의롭게 행동하니
우리 누이가 꼭 나를 만날 겁니다.
두 분이 계속 정당하게 행동하지 않으면
도끼가 당신네 마음을 철렁하게 할거요.”

라부발라 부자(父子) 둘이서 온종일
도끼질로 작은 숲 하나 찍어 넘겼네.
하지만 아헤이 혼자서
도끼질로 큰 숲 셋이나 넘겼네 —과장 아닐세!

라부발라 일가는 낭패를 당했지만
다시 하찮은 일로 승부를 걸어오네:
“오늘 우리가 한 벌목은 이제 그만하고,

자기가 벌목한 것 다시 붙이기 시합하세."

아헤이는 마음속으로 생각하네.
'일을 바꾼다 해도 상관은 없는 법,
당신들이 그 일을 어떻게 해내는지
또 얼마나 잘하는지 두고 보자.'

라부발라 부자 둘이서 그 작은 숲에
아주 쬐끔 그 나무들을 제자리 붙였지만,
아헤이는 큰 숲 셋 전부를
혼자서 용감히 붙이네 -과장 아닐세!

라부발라 일가는 낭패를 당했지만,
또 하찮은 일로 승부를 걸어오네.
"지금 저런 나무 붙임은 그만하고
이제 기장 심기를 겨뤄 보세."

아헤이는 마음속으로 생각하네.
'일을 바꾼다 해도 상관은 없는 법.
당신들이 그 일을 어떻게 해내는지
또 얼마나 잘 하는지 두고 보자."

라부발라 부자 둘이서 겨우 작은
한 필지의 땅에 기장을 심었지만,
용감한 아헤이 혼자서 아주 아주
큰, 세 필지에 심었으니 -과장 아닐세!

이제 라부발라는 낭패를 당했지만

다시 하찮은 일로 승부를 걸어오네.
"지금 그 씨뿌리는 일은 그만하고
이제 뿌린 기장을 주워 담기를 겨루세."

아헤이는 마음속으로 생각하네.
'일을 바꾼다 해도 상관은 없는 법.
당신들이 그 일을 어떻게 해내는지
또 얼마나 잘하는지 두고 보자.'

라부발라 부자 둘이서 작은 한 필지의
땅에 뿌려 놓은 기장을 다시 주웠고
용감한 아헤이는 혼자서도 큰 세 필지의
것을 다시 주워 담았네. —과장 아닐세!

그러자 라부발라가 아헤이에게 다가와,
거짓 웃음으로 말하네:
"구멍 하나에 낱알 세 개씩 넣었는데
자넨 낱알 셋이 부족하구나."

"저 산 위의 푸른 솔은 요술 샘에서
부는 바람도 겁내지 않는다네.
그 낱알 셋을 내가 찾을 것이고,
당신네는 용감한 나를 이길 수 없지요"
태양은 서산에 기울기 시작하고,
종달새 이제 지저귀지 않고,
들개도 이제 짖지도 않지만,
아헤이는 그 낱알 찾아 길을 떠나네.
그는 걷고, 또 더 멀리 걸어

벌써 동녘에 먼동이 터는구나.
어떤 노인이 땅을 갈고 있는데,
이 노인의 가랫날이 반짝이네.

"존경하옵고 마음씨 고우신 할아버지,
제가 기장 씨앗 세 개를 잃어버렸는데,
그 세 개를 다시 찾을 수 있는
방법을 좀 알려 주세요."

노인은 친절하게 가르쳐주네.
"저 산에서 길 잃은 소를 찾게,
저 들판에 가서 괭이를 찾게, 또
어떤 나무 위에 그 씨앗들이 있을걸세.

"산 위에 올라가 세 번 외치고
산 아래서 세 번 외치고,
그러면 산허리의 어떤 나무에서
산비둘기 세 마리를 만날 거네.

"두 마리는 동쪽을 바라보고
가운데 한 마리는 서쪽을 바라볼 거네.
그 가운데 녀석을 화살로 쏘면
그 녀석 모이주머니에 씨앗들이 있네."

박차를 가하면서 아헤이가 말달려,
그 나무에 가서 서둘러 화살을 쏘네.
화살이 한가운데의 산비둘기를 맞추니
모이주머니 안에서 낱알 셋이 떨어지네.

XI. Mortigo de Tri Tigroj

Preninte l' grajnojn Ahej iras
Tuj al la dom' de Rabubala.
La franjon vidi li deziras,
Savenda estas Aŝma kara.

Pikema vesp' ne brue zumas.
Jen Rabubala afablumas,
Ĉar murdi Ahej-n li intrigas,
Por tiucelo artifikas.

Kun falsa rido li parolas:
"Onklet', la membroj vin doloras.
Ĉi-nokte dormu supr-etaĝe.
Ŝi iru morgaŭ hejm-vojaĝe."

Kunsidas nokte l' societo
De Rabubala en sekreto.
Sed aŭdas Aŝma la saĝplena,
Tri kantojn donas son' koŭŝena:

"Ĉu scias vi, ho, fraĉjo kara,
Ke vin mortigos Rabubala
Per tigroj nokte, ho teruro,
Post la malvenkoj en konkurso?!"

Muzikas Ahej per la fluto
Responde al la koŭŝen-ludo:
"Ho, franjo restu do trankvila,
Kaŝiĝas ĉe mi arkpafilo."

Blekegas tigroj jen en vero,
Meznokte; tremas mont' kaj l' tero.
La faŭkoj pelvojn versimilas,
Kaj la lipharoj ventumilas.

Montanoj lertas ja en ĉaso,
Kaj Ahej estas ĉasist-aso.
Mortigis li da tigroj, lupoj
Almenaŭ centon ja sen duboj.

Tri tigroj fluge suprenpaŝas.
Postporde Ahej tuj sin kaŝas.
Tri fajfajn pafojn li ekfaras,
Kaj l' tigroj planken rule falas.

Nun Ahej saĝa tuj deprenas,
Kun helpo de l' piedoj nure,
La felon de sur tigro penas
Tuj poste ĝin remeti sure.

Sur ĝia korp' li sin apogas,
Sur-vosten la piedojn lokas.
Li sin ŝajnigas en dormstato,
Sed lia penso en viglado.

La fil' kaj patro Rabubala
Maldormas ĝis tagiĝo pala,
Komplezon falsas jen kun peto:
"Malsupren! Lavu vin, onkleto!"

Post la unua vko-sondo,
Nenio sonas en respondo;
Refoje laŭtas do kriego…
Ankoraŭ daŭras la mut-rego.

Sinsekve laŭtas voko-trio,
Responde sonas eĉ nenio.
Jen tigra vosto ekvidatasa
Ĉe l' pordo kaj ĝi sin svingadas!

De Rabubala l' familio
Hahaas brue kun ĝojkrio:
"Jen tigra vost' en gaja svingo
Post viandmanĝ' kaj sangotrinko!"

Sed antaŭ l' fin' de l' komentaro
Tri tigroj rulas sin kaj tondras
Malsupren laŭ la ŝtupetaro.
Ho, Ahej ĉe la pord' sin montras!

Pro timo, Aĉi iĝas pala.
Kaj tuj bluiĝas Rabvbala.
Tutkorpe Aĉi terur-tremas,
Kaj l' patron same timo premas.

"Pardonon al ni, ho onkleto,
Ni frue venas jen kun peto:
La tigrojn senhaŭtigu kune.
Vi gaste frandu ĉe ni, ĉu ne?"

Demandas Ahej: "Ĉu vi volas
Dehaŭti l' malpli aŭ pli grandan?"
"Onklet'," la patro reparolas:
"Ja decas, ke vi la gigantan."

La fil' kaj patro tute stulte
Per ĉiuj fortoj ŝiri penas,
Dum longa tempo, sed rezulte
Nur duonpecon ŝir-deprenas.

Sed tigro-voston Ahej prenas,
Maldekstren-dekstren ĝin li trenas.
Defalas tuj la fel' facile,
Al vest-demeto tr simile.

"Multegas ja la tigroharoj,
Pli multas viaj ruzaj faroj.
Viandon tigran mi ne manĝos,
Sed fratin-savon tuj aranĝos."

La fil' kaj patro timoplenas,
Per tuta korpo ili tremas.
La ruzoj, revoj fine krevas,
Ellasi Aŝma-n ili devas.

11. 호랑이 세 마리를 죽이다

아헤이가 그 낱알 셋을 찾아들고
곧장 라부발라 댁으로 찾아갔네.
아헤이는 누이 아스마를 꼭 만나,
소중한 누이 아스마를 꼭 구해야 하네.

톡 쏘는 말벌도 시끄럽게 굴지 않네.
라부발라가 이제 상냥하게 대하지만,
아헤이를 죽일 음모를 꾸미고,
제 목적 숨긴 채 친절한 체하네.

그는 짐짓 거짓 웃음을 보이네.
"젊은이, 그동안 식구들이 자네를 괴롭혔네.
오늘 밤 맨 위층에서 잠을 청하게,
내일 자네 누이를 귀향하게 해줌세."

라부발라 일가는 그날 밤 비밀리에
회의를 소집하니 모두가 모였다네,
하지만 현명한 아스마가 이를 듣고,
코우센 가락으로 노래 세 곡을 불렀다네.

"들려요, 오라버니. 들려요, 오라버니,
오늘 밤에 라부발라가 오빠를 죽이려고
무서운 호랑이들을 푼다고 한답니다.
오빠가 지면 어떡하지요?!"

아스마 누이의 코우센 가락을 듣고
오빠 아헤이는 피리로 대답하네.
"오, 누이여, 품에 활을 숨겨 두었으니
걱정은 말고 기다리고 있거라."

정말 한밤중에 호랑이들을 풀어놓으니,
호랑이 울음소리에 산천이 진동하네.
호랑이 주둥이는 대야와 닮았고,
턱수염이 부채처럼 움직이는구나.

산사람들은 사냥에는 자신 있는 법,
아헤이는 정말 사냥꾼이니,
아헤이는 늑대를 포함해
호랑이 일백 마리 잡았지—과장 아닐세.

호랑이 세 마리가 날듯이 뛰어오르고,
아헤이 재빨리 출입문 뒤로 몸을 숨기네.
날카로운 화살 셋으로 호랑이를 쏘니
호랑이 세 마리 옆으로 굴러 쓰러지네.

현명한 아헤이가 자기 두 발로
호랑이 등가죽을 벗겨서는
죽인 호랑이 등에 그 가죽을
다시 살짝 붙여 두었다네.

아헤이는 죽은 짐승에 자신을 기대고
자신의 발은 그 짐승 꼬리에 두었네.
아헤이는 가만히 자는 체하지만

생각은 더욱 활발히 움직이네.

라부발라 부자(父子)는 동이 틀 때까지
한숨도 못 자고 기다리며 있었네.
그리고 호의를 가장하고서 말하네.
"내려오게, 세수하게, 젊은이!"

처음 한 번 불러보니,
아무 대답 들리지 않네.
또다시 크게 불러도...
여전히 침묵만 흐르네.

이제 연거푸 세 번 크게 불렀지만
아무 대답을 들을 수 없었네.
겨우 호랑이 꼬리만 출입문에서,
꼬리만 살랑살랑 흔들거리네.

라부발라 일가는 기뻐서
하-하-호-호 외치며 좋아하네.
"호랑이가 저렇게 유쾌하게 꼬리 흔드니,
그 녀석 살과 피는 전부 다 먹혔구나!"

하지만 그 말이 채 끝나기도 전에
호랑이 세 마리가 층계 아래로
굴러떨어지니 그 소리 요란하네.
오, 아헤이 드디어 출입문에 나타났네.

아치는 두려움에 창백하고

라부발라도 곧 새파랗게 되었네.
아치는 온몸을 벌벌 떨고
라부발라도 무섭기는 마찬가지네.

"젊은이, 우리를 용서해 주게.
우리는 일찍 와서 젊은이와 함께
호랑이 가죽을 벗길 계획이었네.
젊은이, 손님이지만 좀 맛보겠어요?"

아헤이 묻네. "그럼 큰놈, 아니,
작은놈 중 어느 것을 벗기겠소?"
라부발라 대답하네. "젊은이,
자네가 가장 큰 놈을 벗겨 보게. 그려."

두 부자 아주 서툴게
오랫동안 온 힘 다해
호랑이 가죽을 벗기려 애썼지만,
결국에 절반만 성공했네.

하지만 아헤이는 호랑이 꼬리를 잡고
호랑이를 왼쪽 오른쪽으로 끌어당기네.
그러자 호랑이 가죽은 쉽게
벗겨지니, 겉옷 벗기처럼 쉬웠네.

"호랑이 털이 이처럼 많아도,
교활한 당신네 술책이 더 많네요.
호랑이 고기는 내가 먹지 않아도 되지만,
우리 누이는 곧장 데려가야겠소."

두 부자는 걱정이 태산 같고
온 전신을 떨며 서 있네.
교활함도, 계책도 이젠 어쩔 수 없네.
아스마를 풀어 줄 수밖에는.

XII. Arkpafoj

Ja Aŝma-n Ahej tre sopiras,
Hejmiri kun ŝi li deziras.
Li rajde el la pord' rapidas,
Sin turnas, tamen ŝin ne vidas.

Jen Rabubala pordon riglas,
Promeson sian li nuligas.
Endome Aŝma-n li retenas,
Eĉ informŝanĝo nun problemas.

Tuj unu sagon Ahej pafas,
Ilian pordon ĝi piktrafas.
La domanaro tuj timplenas,
Eltiri ĝin nur vane penas.

Jen ekparolas Rabubala:
"Ho, Aŝma, Aŝma senegala,
Se l' oran sagon vi eltiros,
Tuj poste hejmen vi reiros."

Brakring' arĝenta jen ekbrilas,
Facile l' sagon ŝi eltiras.
Sed Aŝma-n teni Rabubala
Ankoraŭ penas, la brutala.

Kaj duan sagon Ahej pafas.
Ĝi foston de l' gastĉambro trafas.
La domanaro vane penas
Eltiri l' sagon kaj timtremas.

Denove petas Rabubala:
"Ho, Aŝma, Aŝma senegala,
Se l' propran sagon vi eltiros,
Tuj kune hejmen vi reiros."

Jen orelringoj ŝiaj brilas,
Facile l' sagon ŝi eltiras.
Sed Aŝma-n Rabubala
Ankoraŭ penas, la brutala.

Jen trian sagon Ahej pafas,
La diserv-tablon ĝi piktrafas.
La tuta domo forte tremas,
Kaj Rabubala-n timo premas.

La domanaro pene tiras,
Sed ĝi radikis, ne eliras;
Ĝin ili tiraas per bov-kvino,
Sed firme restas ĝi ĝis fino.

Rimedoj ĉiaj ne efikis,
Ĉar pli profunden ĝi enpikis,
Ripete li do la petegon,
Ke Aŝma tuj eltiru l' sagon:

"Ho, Aŝma, Aŝma, vole venu,
La oran sagon tuj elprenu.
Malvenkis mi, do mi ne baros;
Vi hejmen-iron tuj jam faros."

La orelringoj tinte trilas,
Arĝente la brakringoj brilas.
"Se ruzojn scias vi kompili,
Vi devas scii ĝin eltiri."

Petegas tiam Rabubala:
"Ho, Aŝma, Aŝma senegala,
La hejmfarita sago ora
Vin ja obeos. Do, bonkora,
Eltiru kaj hejm-iru glora."

"La sag' pafita de la frato
Facile falos, se mi tiros;
Sed vi, aĉulo, malbenato,
Tiradu, sed ĝi ne eliros."

Vokante Ahej-n la heroon,
Ŝi ĝin deplukas kvazaŭ floron.
Post pord-malferm' de Rabubala,
La fraton vidas Aŝma kara.

12. 활쏘기

아헤이는 누이 아스마를 정말 보고 싶고,
누이와 함께 귀향하길 바라네.
아헤이가 말에 올라, 그 집 대문 나서서
둘러 보아도 누이는 보이지 않네.

그때 라부발라가 빗장 걸고 대문 잠그니
좀 전 약속마저 어기고자 하네.
라부발라는 집 안에 아스마를 감금하니,
오누이는 서로 소통하기도 어렵네.

그러자 아헤이는 화살을 하나 들어
라부발라 쇠 대문을 쏘아 맞히네.
온 집안사람들은 두려움에
그 화살을 뽑으려 해도 되지 않네.

그러자 라부발라가 말하네.
"아스마, 아스마는 보통사람 아니니,
만약 네가 저 황금 화살을 뽑으면
이제 네 집으로 보내주겠다."

그때 아스마가 자기 은팔찌를 반짝여
쉽게 그 황금 화살을 뽑았네.
그런데도 짐승 같은 라부발라가
아스마를 놓아주지 않네.

그러자 둘째 화살이 날아와,
이번엔 사랑방 기둥을 맞히네.
온 집안사람들이 화살을 빼내려
해도 못 하니, 두려움만 크네.

그러자 라부발라 요청하네.
“아스마, 아스마는 보통사람 아니니,
만약 네가 저 화살 뽑으면
이제 네 집으로 귀향하게 해주겠다.”

그때 아스마 귀걸이가 귀에서
번쩍하자, 쉽게 화살이 뽑혔네.
그런데도 짐승 같은 라부발라는
아스마를 놓아주지 않네.

그러자 셋째 화살이 날아와,
그 집의 제상(祭床)에 꽂히네.
온 집안사람들 혼비백산하여,
이제 라부발라도 겁이 나네.

온 집안사람들이 애를 써도
화살은 깊숙이 박혀 꼼짝 않네.
소 다섯 마리로 뽑으려 해도
화살은 꼼짝 않네.

이제 온갖 방법 다 동원해도
소용없고, 그만큼 깊숙이 박히네.
라부발라가 다시 아스마에게 간청해
그 화살을 뽑아 달라 하네.

"오, 아스마, 아스마, 어서 와서
저 황금 화살 뽑아 주오.
이제 내가 졌으니, 이젠 방해 않으마.
이제 귀향길은 당연한 일이오."

귀의 귀고리가 딸랑거리고
팔의 은팔찌도 빛나네.
"당신네 교활함은 세상이 다 아니,
그걸 당신네가 뽑으시오."

라부발라 간청 또 간청하네: "아스마,
아스마는 보통사람 아니니, 그 댁에서
만든 황금 화살은 아스마 말만 듣네요.
이제 착한 사람이 저걸 뽑아
영예롭게 고향으로 돌아가시오."

"오라버니 쏜 화살은 내가 쉽게
뽑을 수 있지만,
당신네 악인들은 골백번 뽑으려 해도
헛수고이지요."

아스마는 우리 용사 오빠를 부르면서
꽃을 꺾듯이 그 화살을 뽑네.
마침내 라부발라 집 대문이 열리고
소중한 아스마가 드디어 모습이 보이네.

XIII. La Eĥo

Sed Rabubala malkontentas,
Insidon teksi diligentas;
Ĉar post ilia hejmreveno,
Ne plu efikos ilia peno.

Ekfulmas en li Dekdu-roko,
La nepre trapasenda loko.
Li petas al la Rokodio,
Ke Aŝma-n baru li per io.

Ĉe Dekdu-roko rivereto
Fluadas pace en kvieto.
La Rokodio ĝin ŝveligu,
Ke je multoblo ĝi pli-diku.

Jadbirda tril', tintil-sonoro –
Jen la gefratoj jam sur vojo.
Nun Rabubala jam en foro,
Gepatroj vivos sen malĝojo.

Abeloj sur pin-kap' ne sidas,
Sed ofte ĉe l' radik' rezidas.
Ĉar Aĉi-domo jam en foro,
Do ridos la gepatra koro.

Survoje Ahej lerte flutas,
Dum Aŝma ĉarme koŭŝen-ludas.
Kaj ĝojo floras en la koro
Dum viglas la interparolo.

"Mi estas kvazaŭ bona ĉapo
Kaj franjon gardas sur la kapo."
"Mi estas kvazaŭ juna fungo
Vivanta ĉe la frat-arbtrunko."

Nubegoj nigraj jen eksvarmas,
Kaj fulmoj, tondroj disalarmas.
Venteg' disŝutas pluvosagojn,,
Kaŭzante ĉie torentplagojn.

Ĉe Dekdu-rok', je la alveno
Ilia, ŝvelas volumeno
De l' fluo. Rule ĝi gargaras,
Kaj l' vojon de l' gefratoj baras.

Se l' frato antaŭmarŝos,
Transiri ŝi ne povos;
Se l' franjo antaŭpaŝos,
Paseblon li ne trovos.

La frato ŝian manon prenas,
Kaj lian manon ŝi firmtenas.
Ekdiras Aŝma: "Ĉion spitu,
Transiri kune ni rapidu."

Decidas la gefrata paro
Pri kuna iro trans la baro,
Spitante la larĝegon ĝian
Kaj l' profundecon eksterscian.

La flu' torenta bru-cirkulas,
Grandegaj ondoj sin rul-rulas.
Jen Aŝma-n kaptas, ho terura
Akvoturnego preterkura.

La pluva bruo laŭtas,
Kaj l' ondoj muĝe plaŭdas.
Aŭdiĝas kvazaŭ vok' malklara:
"Min helpu, Ahej, fraĉjo kara!"

Baraktas Ahej, serĉi provas
En ondoj Aŝma-n, sed ne trovas.
La venton tranĉas voko lia:
"Ho, Aŝma, A.sma, franjo mia!"

La vent' sen paŭz' muĝadas,
La pluv' senĉese batas.
Aŭdiĝas kvazaŭ kri' malklara:
"Min helpu tuj, ho, fraĉjo kara!"

Jen sereniĝas la ĉielo,
Re malgrandiĝas la rivero.
La vok' de Ahej plue laŭtas:
"Ho, franjo Aŝma! Vi ne aŭdas?!"

De l' supro jen de Dekdu-roko
Respondas voĉo al la voko,
La eĥo same klare laŭtas:
"Ho, franjo Aŝma! Vi ne aŭdas?!"

La roko, natur-fil' giganta,
Kolosas, la ĉielskrapanta.
Fajrruĝe brilas la ĉielo,
Kaj l' rokon kovras lummantelo.

Sur Dekdu-roko la impona
Jen staras junulino bona.
Ŝi ĉarmas kvazaŭ flor' ĉiela,
Ŝi estas ĝuste Aŝma bela.

Amindas Aŝma vere
Kun ringoj surorele,
Kaj kun brakringoj brilaj,
Okuloj stel-similaj.

"Ho, kara frato brava,
Ĉi tiu granda roko
Kvadrata, angulhava,
Min servas por loĝloko.

"La sun' kaj nuboj iam
Foriros, mi neniam.
Kaj miaj voĉo kaj animo
Viglados ĉiam sen templimo.

"Ekde la tago hodiaŭo
Ni loĝos ne en sama domo,
Sed en la sama hejmĉirkaŭo,
En sama Aĝdi-regiono.

"Ho, kara Ahej, frato brava,
Se pro memoro, dum manĝhoro,
Kun maizkaĉo ore flava,
Vi min salutos per nomvoko,
Mi vin respondos sur la roko.

"Vi diru al gepatroj niaj,
Ke ili dum laboroj siaj,
Ĉu en pluvtag' aŭ belvetero,
Dum ŝafpaŝtad' aŭ plug' de tero,
Aŭ akvoport', aŭ manĝpreparo,
Aŭ linĝpinad', aŭ brodaĵfaro,
Ekvoku min, kaj mi ekaŭdos,
Respondo mia same laŭtos.

"Vi diru al amikoj miaj,
Ke ili dum amuzoj siaj,
Dum Kvin' Duobla, Aŭtunmezo,
Torĉfesto kaj Junula Festo.[24]
Dum lud' de fluto la belsona

---

24) *traduknoto: Aŭtunmezo estas festo je la 15-a de la 8-a monato lunkalendara. Duobla Kvino estas festo je la kvina de la kvina monato. Dum ĉiuj la supre menciitaj festoj gaje sin amuzas la saniaj gejunuloj.

Aŭ la trikordo Pluka kordinstrumento[25)]
Ekvoku min kaj mi ekaŭdos,
Respondo mia same laŭtos."

Kaj de-post tiam
Priehas Aŝma ĉiun, ĉiam,
Respondi vin ŝi ĉiam pretas,
Kaj vian voĉon ŝi ripetas.

Je ĉiutaga manĝohoro
Kun maizkaĉ' de orkoloro
Ekvokas Ahej afekcia:
"Ho, Aŝma, Aŝma, franjo mia!"

De sur la granda roko,
De Aŝma la loĝloko
Respondas sama voĉo kria:
"Ho, Aŝma, Aŝma, franjo mia!"

Se la gepatroj iras
Labori ili krias:

---

25) *traduknoto: trikorda kun longa stango kaj resonkesto tamburforma ĉe la malsupra fino; multa-tona,

"Ho, Aŝma nia bona
Filino konsoldona!"

Kaj voĉo sur la roko
Respondas al la voko:
"Ho, Aŝma nia bona
Filino konsoldona!"

Se l' amikinoj ekdecidas
Ludadi, Aŝma-n tuj invitas
Vokante al la rok' altstara:
"He, Aŝma, venu nia kara!"

Kaj voĉo sur la roko
Respondas al la voko:
"He, Aŝma, venu nia kara!"
Tra la montar' ĝi sonas klara.

Reviziita 2006 07 31, Pekino

13. 메아리

그래도 라부발라는 제 버릇 못 버리고
오누이를 괴롭힐 궁리에 열중이네;
오누이가 고향으로 출발한 뒤라서
제아무리 궁리해도 소용없네.

라부발라는 오누이가 필시 열두바위를
지날 것이라는 생각이 퍼뜩 나서,
그 열두바위 신께 아스마 일행이 지나면
뭐로든 막아 달라고 간청했네.

열두바위가 자리한 곳의 시냇물은
조용하고 평화롭게 흐르고 있네.
열두바위 신은 그 시냇물을 부풀려
몇 배나 더 큰 물줄기를 만들어 놓네.

물총새는 하늘에서 지저귀며 노닐고,
오누이는 벌써 고향길에 들어섰네.
라부발라 모습은 이젠 멀리 보이니,
오누이 부모는 슬픔 잊고 살아가리.

벌들은 소나무 꼭대기에 앉지 않고,
자주 나무뿌리 근처에 자리 잡네.
아치의 집도 이제 저 멀리 보이니,
오누이 어버이는 마음속도 후련할 걸세.

아헤이 능숙하게 피리를 불어대고,
아스마 우아하게 코우센 연주하네.
오누이 마음에 기쁨도 활짝 피고
오누이 입가에 대화도 분주하네.

“지금 나는 튼실한 모자처럼
누이를 머리에서부터 잘 보호해 주네.”
“지금 나는, 어린 버섯처럼,
오라버니 나무 둥치에 붙어살아가네.”

그런데, 갑자기 먹구름이 모여들더니,
천둥 번개가 우르릉 쾅-쾅-거리고
강풍에 이어 빗방울이 화살처럼 세차니
사방이 홍수로 물난리가 났구나.

오누이가 열두바위에 도달하자,
시냇물은 엄청나게 불어 있네.
물살이 콸-콸- 휘감듯이 소리 내고,
오누이 갈 길이 막혀 버렸네.

오빠가 앞장서서 건너가려 해도
아스마가 이 물살 헤쳐 나아가지 못하네.
누이가 앞장서서 건너가려 해도
아헤이가 이 물살 헤쳐가지 못하네.

오빠가 누이 손을 단단히 잡고,
누이도 오빠 손을 단단히 잡네.
아스마가 결심한 듯 말하네:
“오빠, 모든 걸 감수하고, 건너가 봐요.”

오누이 이제 손을 꼭 잡았으니
이 홍수의 물살을 헤쳐 갈 다짐했네.
시내의 홍수 물 폭이 아무리 넓어도,
시내의 홍수 물길이 아무리 깊어도.

물살이 요란하게 회오리를 일으키고
거대한 파도처럼 휘몰아치니,
아뿔사, 큰 물살과 급류에 아스마,
아스마가 그 물살에 그만 빨려 가네.

빗소리는 더 요란하게 들리고,
물소리는 더 포효하듯 흐르네.
희미한 목소리가 다급히 들려오네.
"도와줘요, 아헤이 오빠!"

아헤이는 급류 속에 아스마 찾으려
애를 쓰고 또 무진 애를 쓰며,
그는 절규하지만, 강풍이 방해하네:
"오, 아스마, 아스마, 누이여!"

바람은 끊임없이 포효하고
비 또한 쉴새 없이 퍼붓네.
희미한 목소리가 다급히 들리네:
"오빠, 빨리, 빨리 구해줘요!"

어느새 하늘은 다시 맑아지고
어느새 시냇물 다시 줄었지만,
누이를 찾는 아헤이 목소리 커져만 가네.
"오, 아스마, 누이야! 내 말 들려?"

저 위 열두바위 쪽에서
그 목소리에 똑같은 목소리가 답하네
메아리는 똑같이 명쾌하게 들려오네:
"오, 아스마, 누이야! 내 말 들려?"

열두바위는 거대한 자연의 아들로서,
하늘에 닿을 만큼 거대하게 서 있네.
하늘은 불꽃처럼 붉게 빛나고,
그 광채가 그 바위를 뒤덮고 있네.

장관의 열두바위에
착한 아가씨가 한 사람 서 있네.
그 아가씨 모습은 천상의 꽃같이
아름다우니, 그이가 바로 아스마네.

아스마, 너는 정말 사랑스럽구나,
귀에는 귀걸이를 하고
팔에는 빛나는 팔찌를 하고서
두 눈은 별처럼 반짝이네.

"아, 소중하고 용감한 오라버니,
이 네모나고 각이 진
거대한 이 열두바위가
내가 있을 자리를 내주는군요.

"해와 구름은 때때로 없어졌다 나타나도
나는 언제나 여기 있을 거예요.
나의 목소리와 영혼은

언제나 시간의 경계 없이 숨 쉴 거예요.

"오늘부터 오빠와 나는
같은 집에서 함께 살지는 못해도,
우리는 똑같이 고향 산천에서
아즈디 땅에서 같이 살 거예요.

"아, 용감한 오라버니 아헤이,
그래도 내가 생각나면, 밥 먹을 때
황금빛 옥수수죽 떠놓고
내 이름을 불러 주면,
내가 바위에서 꼭 대답할 거예요.

"어버이께 꼭 전해주오.
어버이가 일하시면서,
비가 오나, 날이 맑거나
양을 치거나, 땅에 쟁기질하거나
물길어 음식 준비할 때,
또 수(繡)를 놓을 때,
나를 불러 주면, 그러면 내가 듣고,
내가 똑같이 꼭 대답할 거예요.

"어깨 동무에게도 꼭 전해주오.
그이들이 즐거운 단오절 때,
흥겨운 추석 때
횃불제나 청년제 행사 때,
아름다운 피리 소리 들릴 때,
삼현금(三絃琴)[26]이 소리 낼 때도.
나를 부르면, 내가 듣고,

내가 큰 소리로 대답할 거예요."[27]

그날부터 아스마는 언제나
누구에게나 메아리를 보내었네.
아스마는 늘 그대 말에도 대답하고
아스마는 늘 그대 음성을 되들려 주네.

하루 세 끼 식사마다 아헤이는
황금빛 옥수수죽 한 사발을 두고서
다정한 음성으로 부르네.
"오, 아스마, 아스마, 나의 누이여!"

아스마가 사는 열두바위서
오빠의 외침에
똑같은 목소리가 들려오네.
"오, 아스마, 아스마, 나의 누이여!"

어버이가 들에
일하러 나가서도 외치네.
"오, 우리 착한 아스마,
아끼고 사랑하는 딸아!"

그때 열두바위에서

---

26) *주: 삼현금은 3가닥의 긴 쇠줄로, 맨 아래쪽 끝에 북처럼 생긴 반향 함이 들어있어, 손으로 그 줄을 튕기는 현악기.

27) *주: 단오절(음력 5월 5일), 추석(음력 8월15일) 때 사니 청년들은 모여 즐겁게 시간을 보낸다.

똑같은 목소리로 돌아오네.
“오, 우리 착한 아스마,
아끼고 사랑하는 딸아!”

어깨동무들이 놀이를 함께 하자고
아스마를 곧장 초대하려고
우뚝 솟은 열두바위를 향해 부르네.
“아스마, 우리 함께 놀자!”

그때 열두바위에서
똑같은 목소리로 돌아오네.
“아스마, 우리 함께 놀자!”
메아리는 산림으로
맑게 울려 퍼지네. (*)

번역하고 나서

"《阿诗玛》(아스마)는 한번 읽기 시작하면 그만두고 싶어도 참을 수 없고, 이 작품을 손에 쥐면 놓지 않게 하고, 단번에 읽게 만듭니다."

"누이 아스마는 예쁘고, 총명하고, 근면하고, 선량한 아가씨입니다. 중국 원난(雲南) 이족(彝族) 사니인에 전승되어 오는 장시(長詩) 시가의 이름이기도 합니다. 이 시가는 아름답고 총명한 누이 아스마와 오빠 아헤이, 이 두 남매가 세상의 어려움을 이겨내는 과정을 그린 아름다운 서사시입니다.

아스마가 열일곱 살이 되었을 때, 이족(彝族)의 고을마다 그 총명함이 널리 알려져 귀족이자 재력가 라부발라는 아들 아치의 신붓감으로 탐내게 됩니다. 귀족 라부발라가 아스마를 며느리로 데려오려고 중매쟁이를 아스마의 부모 클루즈민 집으로 보내 혼담을 제안했으나, 거절당하자, 라부발라 일가는 권세를 믿고 군사를 조직하여 강제로 아스마를 빼앗아 갑니다. 멀리서 양치기를 하던 오빠 아헤이는 불길한 징조를 보고 양을 몰고 집에 돌아 와 보니, 누이 아스마가 라부발라 가문에서 보낸 사람들이 강제 혼인을 위해 데려갔다는 소식을 듣고 쫓아갑니다. 라부발라 가문과 다양한

재주 겨루기를 합니다.

결국 오빠 아헤이가 당당히 라부발라 일가를 이기고, 오누이가 의기양양하게 고향으로 돌아갑니다. 돌아가던 중 불행하게도 그 오누이는 강풍과 물난리를 당하게 되고, 안타깝게도 그만 홍수에 아스마를 잃게 됩니다. 오빠 아헤이가 어떻게든 누이 아스마를 살려내려 하지만 끝내 누이 아스마를 구하지 못합니다.

결국 누이 아스마는 이족의 한 가지인 사니 사람들의 삶에서 가장 다정한 울림으로 변해, 사니 사람들이 모여 사는 구이산(圭山) 지역에서 메아리쳐 영원히 사니 사람들과 함께합니다.

이 시가는 원래 이족 중 사니인 언어로 전승되어 오다가, 1950년대 신문사 등지에서 이를 채록해, 중국어(한문)로 번역 소개하여, 나중에 영어, 불어, 일본어, 러시아어, 에스페란토 등 여러 언어로 번역 소개되었습니다.

하지만 아직 우리나라에는 번역 소개된 적이 없다고 할 수 있습니다. 이에 저는 에스페란토 판을 기본으로 번역해 보았습니다.

에스페란토 번역본(1980년 중국세계어출판사 발행)을 저는 1992년 8월 중국 칭다오에서 열린 범태평양 에스페란토 대회장에서 구입했습니다. 이 에스페란토본의 장정은 정말 아름다웠습니다.

그해 저는 이 대회장에서 한국과 중국이

외교 관계를 수립했다는 소식을 들었습니다.

이 작품의 국어번역은 1993년 9월부터 몇 달간 이루어졌고, 다음 해 2월, 아내의 도움을 받아 교정도 해 두었습니다. 이 책 출간에 대해 생각해 오다 2004년 8월 조선일보에 중국 윈난성 쿤밍에서 <아스마 학술 행사>에 한국학자들이 참석했다는 소식을 들었습니다. 이 시가 <아스마>는 차원 높은 민간전승문학 양식을 갖추고 있다고 소식이 들려 왔습니다. 국내 여러 학자도 이 민속 문학 작품에 관심을 가지고 있습니다.

그로부터 시간이 30년이 흘렀네요. <아스마>를 국내에 소개하고 싶은 희망은 여전히 남아 있었습니다.

그 동안에 에스페란토 번역본의 역자 리스쥔 선생님과 편지교환을 할 수 있었습니다. <봄 속의 가을>(바진(巴金) 지음)을 에스페란토로 옮긴 분이 리스쥔 선생님이었습니다. <봄 속의 가을>을 번역하면서 리스쥔 선생님과 서신을 교환해 왔습니다. 그 뒤, 인터넷이 발달되어 중국 에스페란티스토들과의 문학 작품에 대한 의견 교환도 비대면과 대면 만남을 통해 이어졌습니다.

에스페란토로 옮기신 리스쥔(李士俊) 선생님에 대해 간단한 소개를 하고 싶습니다.

리스쥔 선생님은 중국 고대소설 『삼국지』,『수호지』 등을 에스페란토로 옮긴 번역가입니다. 리스쥔 선생님은 지난 2007년 10월 6일자 부산일보 [접속! 지구촌 인터뷰] "중국 최고령 84세 에스페란티스토 리스쥔"으로 소개되었습니다.

2010년 8월 중국 산시성(山西省) 타이유안(泰安)에서 열린 에스페란티스토교직자연맹(ILEI) 행사에 참관할 기회가 있었는데, 에스페란토로 옮기신 리스쥔 선생님을 다시 뵐 기회가 있었습니다. 선생님은 고령임에도 불구하고 청년과 같은 열정으로 시민과 학생들에게 강의와 강연, 연극을 보여주었습니다. 리스쥔 선생님의 필명은 **라우룸(Laŭlum)**-빛을 따라-입니다. 리스쥔 선생님께 민담이자 서사시인 『아스마』를 출간하는데, 저작권(번역권)의 문제가 있다고 하니, 선생님은 기꺼이 이를 사용해도 된다고 허락해 주셨습니다.

그러면서 선생님은『아스마』를 에스페란토로 옮길 때의 일화도 들려 주셨습니다. 선생님은 댁에서 회사인 중국보도사(El Popola Ĉinio)로 출근할 때 자전거를 이용했다고 합니다. 그때 선생님은 밤새 번역한 에스페란토 문장들을 자전거로 이동하면서 더 나은 표현이 있는지 생각해보고는 더 나은 표현이 있으면, 이를 회사에 가서 수정해 반영하였다고 합니다.

타이유안에서의 행사가 끝난 뒤, 여러 에스페란티스토와 저는 선생님 댁을 방문할 기회가 있었습니다. 저는 선생님이 보여주시는 에스페란토 번역본 사진을 제 핸드폰 사진기로 찍어 두었고, 이를 이 책자를 펴낼 때 쓸 생각이었습니다. 그랬더니, 선생님은 나중에 더 세련된 문장으로 만든 에스페란토 교정본을 이메일을 통해 보내주셨습니다.

리스쥔 선생님의 에스페란토 번역본을 통해 에스페란토의 높은 문학성을 감상할 기회가 되기를 바랍니다.

번역가 리스쥔 선생님에 대한 인터뷰 기사(부산일보)가 실려 있습니다. 이 글도 함께 읽기를 권합니다.

이번 번역본에는 국어 번역본을 읽은 박용승 님의 독후감을 함께 실어봅니다. 귀한 글 주신 박용승 님께 감사의 인사를 드립니다.

무더운 여름에 폭포수처럼 시원한 시가 『아스마』를 여러분께 국어와 에스페란토 번역본으로 함께 소개합니다. 번역본을 내면서도 늘 수줍은 마음을 감출 수 없습니다.

매끄럽지 않은 부분도 있을 수 있고, 더 나은 표현이 있을 겁니다.

에스페란토를 읽고, 우리글을 읽는 독자 여러분의 지도와 편달을 바랍니다.

혹시 독후감을 보낼 분은 suflora@daum.net로 보내주시면, 기꺼이 읽겠습니다.

끝으로, 한국과 중국의 우의와 이해를 위해 에스페란토로 노력하는 분들께 이 번역본을 바칩니다.

묵묵히 번역을 지켜보는 가족에게도 이 아름다운 누이 아스마를 선물처럼 소개하렵니다.

청포도가 익어가는

2023년 7월에 역자 올림

Verkoj de tradukinto
역자의 번역 작품 목록

-한국어로 번역한 도서

『초급에스페란토』

『가을 속의 봄』

『봄 속의 가을』

『산촌』

『초록의 마음』

『정글의 아들 쿠메와와』

『세계민족시집』

『꼬마 구두장이 흘라피치』

『마르타』

『사랑이 흐르는 곳, 그곳이 나의 조국』

『바벨탑에 도전한 사나이』 (공역)

『에로센코 전집(1-3)』

-에스페란토로 번역한 도서

『비밀의 화원』

『벌판 위의 빈집』

『님의 침묵』

『하늘과 바람과 별과 시』

『언니의 폐경』

『미래를 여는 역사』(공역)

–인터넷 자료의 한국어 번역

www.lernu.net의 한국어 번역

www.cursodeesperanto.com,br의 한국어 번역

Pasporto al la Tuta Mondo(학습교재 CD 번역)

https://youtu.be/rOfbbEax5cA (25편의 세계에스페란토고전 단편소설 소개 강연 :2021.09.29. 한국에스페란토협회 초청 특강)

<진달래 출판사 간행 역자 번역 목록>

『파드마, 갠지스 강가의 어린 무용수』

『테무친 대초원의 아들』

『욤보르와 미키의 모험』

『대통령의 방문』

『국제어 에스페란토』

『헝가리 동화 황금 화살』

『알기쉽도록 육조단경』

『크로아티아 전쟁체험기』

『상징주의 화가 호들러의 삶을 뒤쫓아』

『사랑과 죽음의 마지막 다리에 선 유럽 배우 틸라』

『침실에서 들려주는 이야기』

『희생자』

『피어린 땅에서』

『공포의 삼 남매』

『우리 할머니의 동화』

『얌부르그에는 총성이 울리지 않는다』

『청년운동의 전설』

『반려 고양이 플로로』

『마술사』

『푸른 가슴에 희망을』

『민영화 도시 고블린스크』

『메타 스텔라에서 테라를 찾아 항해하다』

『밤은 천천히 흐른다』

『세계인과 함께 읽는 님의 침묵』

『무엇때문에』

『잊힌 사람들』

『중국어 – 에스페란토 대역본 언니의 폐경』

『세계인과 함께 읽는 윤동주 시집』

<부록>

세계에스페란토대회에 참석해 자신의 번역 작품에 대해 강연하고 있는 리스쥔.

부산일보 [접속! 지구촌 인터뷰]

"중국 최고령 84세 에스페란티스토 리스쥔"28)

'모든 세계인들이 中 고전 읽었으면…'

'에스페란토 주의'란 것이 있다. '1민족 2언어'를 뜻하는데 같은 민족끼리는 모국어를, 다른 민족과의 소통은 중립적인 에스페란토를 사용하자는 제언이다. 이른바 '언어의 평등권 운동'이라고 한다. 그런 에스페란토는 지금 전 세계 150여개국 5천만명이 사용하고 있다. 그중 가장 많은 비중을 차지한 나라가 중국이다. 중국 내 에스페란티스토가 100만명을 웃돈다. 에스페란토 전용 방송국도 있다.

중국인 리스쥔(84)은 에스페란티스토다. 여든을 훌쩍 넘긴 나이임에도 그는 여전히 에스페란토 '현역' 번역가로 활동 중이다. 지난해 중국 최고의 고전으로 손꼽히는 '삼국지'를 에스페란토로 번역해 출간했고, 앞서 몇 해 전에는 '수호지'를 에스페란토로 옮겨 놓았다. 올해는 '서유기'를 붙잡고 있다고 그는 말했다. 세계의 모든 사람들에게 중국 고전을 읽히게 해주고 싶어서라고 했다.

---

28) 역주: https://www.busan.com/view/busan/view.php?code=20071006000195(부산일보,2007년 10월6일자 인터넷판)

그가 중국 고전을 에스페란토로 번역해 놓으면 다른 나라의 에스페란티스토들은 이를 자국어로 다시 옮겨 놓을 수 있다. 다른 언어는 할 수 없는 역할이다. "만약 중국 고전을 영어로 번역했다면 중국어판과 영어판만 존재합니다. 또 불어로 번역했다면 중국어와 불어판만 남게 되죠." 하지만 에스페란토는 달랐다. 미국의 에스페란티스토도, 프랑스의 에스페란티스토도, 브라질의 에스페란티스토도 누구나 똑같은 의미의 문학을 즐길 수 있다고 그는 설명했다. 에스페란토만의 장점이고 힘이었다.

"에스페란토는 단순한 언어가 아닙니다. 언어라고 지칭하기에는 함의가 너무 크죠. 세계 시민들의 평등한 언어 사용을 실현하기 위한 이상 그 자체라고 봐야 합니다." 그는 에스페란토에 대해 각별한 애정을 표현했다.

"에스페란토를 처음 접한 것은 1939년입니다. 당시 16세였죠." 그때의 중국은 아주 힘든 시기였다. 일본과의 전쟁에 국공내전이 한창 진행 중이었다. 서민들의 삶은 말 그대로 희망을 잃은 상태였다. 그런 그에게 에스페란토는 세계로 통하는 '소통 도구'였다. 에스페란토를 통해 세계의 흐름을 읽었고 새 희망도 찾을 수 있었다고 그는 말했다.

"제 목숨을 구해준 것도 에스페란티스토였습니다." 1923년 중국 허베이(河北)성의 작은 농촌마을에서 태어난 그는 굶기를 밥먹듯이 해야 했다. "제 위로 3명의 형들은 기아와 병을 견디지 못해 어릴 때 모두 죽었습니다." 그만큼 힘든 생활이었다. 그도 어머니 젖이 부족해 거의 먹지 못한 채 자랐다고 했다. 영양 실조는 폐결핵으로 이어졌다.

"당시만해도 폐결핵은 죽음의 병이었습니다. 대부분의 의사들이 앞으로 2년 정도밖에 못 산다고 했죠." 그런데 운이 좋았다. "에스페란티스토이자 의사인 샹(Xiang) 박사의 횡격막신경 수술로 완쾌됐습니다." 에스페란토와의 묘한 인연이었다.

이후 중학교 영어교사를 잠시 하다 중국 공산화와 더불어 에스페란토 전문잡지사에 들어갔다. '엘 포폴라 치니오(El Popola Ĉinio·중국보도사)'라는 잡지였다. "그곳에서 각종 시사 사건과 문학을 에스페란토로 번역했습니다." 30여년을 근무하다 1989년 정년퇴임했다.

중국 고전을 파고든 것은 이 무렵부터였다. "개방과 더불어 중국에 대한 관심이 증폭됐죠. 그러다 보니 중국 고전을 물어오는 외국의 에스페란토 동지들이 많았습니다." 그러던 어느 날 미국의 에스페란티스토가 삼국지를 알려달라고 요청했다. "순간 흥미가 당겼죠. 중국 최고의 고전을 에스페란토 세계에 소개해 보자는 생각이 들었습니다."

하지만 쉬운 일이 아니었다. 2천여쪽에 달하는 방대한 작업이었다. "하지만 부피보다 더 힘들었던 것은 정확한 내용의 전달이었습니다." 삼국지는 특성상 중국 역사와 철학, 종교, 속담, 민속 등을 제대로 전달해야 참맛을 느낄 수 있는 대작이었다. '에스페란토 삼국지'는 수십 차례의 수정 작업과 해석 과정을 거쳐 지난해 비로소 출간됐다. 여든을 훌쩍 넘긴 나이를 감안할 때 상상할 수 없는 작업이었다. "원작품과 해당 언어에 대한 깊은 지식과 고찰이 필요한 작업이었습니다."

최근에는 한·중·일 공동 역사 교과서인 '미래를 여는 역사'의 번역작업에 동참하기도 했다. 3국이 각자의 자국어로 출판한 책을 다시 에스페란토로 바꿔놓는 일이었다. "공동의 역사를 가진 3국이 공동의 역사 교과서를 갖는다는 사실은 그 자체로 평화를 뜻합니다. 그런 취지를 전 세계에 알리고 싶었습니다."

그는 중국의 속담 하나를 풀이했다. '과거를 기억하라. 그러면 그것이 교사처럼 당신을 도울 수 있다.' 역사를 잊으면 미래도 어둡다는 애기라고 했다. 그가 동참한 에스페란토판 '공동 역사책'은 발간 직후 유럽지역의 에스페란티스토들에게 상당히 큰 영향을 주었다. "유럽도 우리와 상황이 비슷합니다. 오랫동안 전쟁을 겪었고 역사에 대해 서로의 이견이 심한 편이죠." 유럽에서도 공동의 역사서를 펴내야 한다는 논의에 불을 지핀 계기가 됐다고 그는 말했다.

에스페란토의 미래를 물었다. 하지만 그는 자신의 이름을 해석하는 말로 답을 대신했다. "제 성(李)은 중국에서 유명한 성씨 중 하나입니다. 당나라 제왕의 가문에서 비롯됐죠. 또 제 이름은 '아름다운 남자'를 뜻합니다. 하지만 저는 지금 제국의 가문에 속하지도 않고 아름다운 남자도 아닙니다." 어떤 한 사람이 다른 한 사람보다 더 낫다는 생각을 버리고 서로 이해하고 협력하는 관계가 필요하다는 애기라고 그는 부연했다. 에스페란토의 이상인 평화와 평등을 실현하기 위해서라고 했다.

백현충기자 choong@busanilbo.com
번역=장정렬 한국에스페란토협회 교육이사

민간 서사시 『아스마(阿詩瑪)』 작품 소개

『阿诗玛』(아스마)는 중국 윈난성 동남부 도시 스린(石林)[29], 미러(彌勒)[30], 루시(泸西)[31] 등지의 현에 거주하는 이족(彝族)[32]의 한 가지인 사니(撒尼) 사람들이 전승해 오는 민간 구비문학입니다. 이 작품은 중국 소수민족의 민간문학의 진품이자, 사니 사람들의 집단 지성의 문화적 산물입니다.

주인공인 총명한 아스마가 윈난성 아즈디(阿着底) **지방(오늘날 윈난성 추칭 일대)**의 글루즈민 가정에 태어나 나이 17살에 중매결혼을 제안받고, 결혼을 거부하지만, 정혼이 강요됩니다. 그러한 정혼 시도에 아스마의 오빠 아헤이가 아스마를 구출하러 갑니다. 정혼을 하려는 라부발라 가

29) *역주: 스린 이족 자치현은 중국 윈난성 쿤밍 시의 현급 행정구역.

30) *역주: 미러시는 중국 윈난성 이족 자치주의 현급 행정구역.

31) *역주: 루시현은 중국 윈난성 이족 자치주의 현급 행정구역이다.

32) *역주: 중국의 소수민족 중 하나. 2020년 현재 약 983만 명이 거주. 중국 56개 민족 중 7번째로 많다. 중국 윈난성, 쓰촨성에 주로 거주하며 태국, 베트남에도 소수가 거주하고 있음.

문과 오빠의 재주 겨루기, 구출된 아스마의 귀향길, 안타까운 물난리로 인한 죽음, 아스마가 산의 메아리로 변하는 과정을 실감나게 기술하고 있습니다.

아스마가 열일곱 살이 되었을 때, 이족(彝族)의 고을마다 그 총명함이 널리 알려져 귀족이자 재력가 라부발라는 아들 아치의 신붓감으로 탐내게 됩니다. 귀족 라부발라가 아스마를 며느리로 데려오려고 중매쟁이를 아스마의 부모 클루즈민 집으로 보내 혼담을 제안했으나, 거절당하자, 라부발라 일가는 권세를 믿고 군사를 조직하여 강제로 아스마를 빼앗아 갑니다. 멀리서 양치기를 하던 오빠 아헤이는 불길한 징조를 보고 양을 몰고 집에 돌아 와 보니, 누이 아스마가 라부발라 가문에서 보낸 사람들이 강제 혼인을 위해 데려갔다는 소식을 듣고 좇아갑니다. 라부발라 가문과 다양한 재주 겨루기를 합니다.

결국 오빠 아헤이가 당당히 라부발라 일가를 이기고, 오누이가 의기양양하게 고향으로 돌아갑니다. 돌아가던 중 불행하게도 그 오누이는 강풍과 물난리를 당하게 되고, 안타깝게도 그만 홍수에 아스마를 잃게 됩니다. 오빠 아헤이가 어떻게든 누이 아스마를 살려내려 하지만 끝내 누이 아스마를 구하지 못합니다.

결국 누이 아스마는 이족의 한 가지인 사니 사람들의 삶에서 가장 다정한 울림으로 변해, 사니 사람들이 모여 사는 구이산(圭山) 지역에서 메아

리쳐 영원히 사니 사람들과 함께합니다.

아스마는 당시 중국 이족 사람들이 봉건 사회에서 지배계급의 억압하에서 지극히 불합리한 혼인제도의 희생자가 됩니다. 하지만 이족의 한 가지인 사니(撒尼) 사람들은 이러한 봉건 약탈적인 혼인제도를 반대하고 모든 사람이 평등하고 자주적 혼인 생활을 적극 지향해 왔음을 알 수 있습니다.[33]

33) *역주: 이 자료는 중국 인터넷 자료 彝学研究网 (http://www.yixueyanjiu.com/)에서 옮겨옴.

『阿诗玛』(아스마) 채록과 발간 역사를 정리해 둡니다.

중국 윈난 이족(彝族) 사니인(撒尼人)의 전승 시가 『阿诗玛』(아스마)는 1950년대 채록작업을 통해, 변방의 소수민족의 시가가 중국 내 중심으로 유입되어, 국가적으로 국가보호 무형문화유산으로 인정받음은 물론 국내외에 다양하게 번역 보급되었습니다.

– 『阿诗玛』는 이족 문자로 된 문헌판본(彝文文献版本) 이전에도, 구전(口传)으로 전승되어 왔습니다, 20세기 초부터 국내외에 소개되어, 이 작품의 발굴·채집·번역·정리·출판되었습니다. 중국 국가무형문화유산 <아스마> 작품을 소개한 중국 <彝学研究网>에서 자료를 정리해 둡니다.[34)]

– 『阿诗玛』(아스마)는 전형적인 이족(彝族) 시가의 표현 방식인 오언구(五言句)의 전창(傳唱)으로, 이 장시(長詩) 시가는 복선·과장·풍자·억양·비유 등의 다양한 기교와 형식으로 감상하는 이들이 시가의 흐름에 따라 즐겁고, 유쾌하고, 때로는 슬픔을 함께 느낄 수 있게 하여, 감상하는 이

---

34) 이 자료는 중국 인터넷 자료 彝学研究网 (http://www.yixueyanjiu.com/)에서 2023.07.13. 열람, 정리함.

를 매료시켜 줍니다.

2000년에 "《中国百年百部经典文学作品》(중국 100년 100편의 고전 문학 작품)" 중 하나로 선정된 유일한 소수민족 민속 문학 작품이기도 합니다.

—실제로 『아스마』의 최초의 정리와 대외전파는 당시 윈난에 있던 프랑스 선교사 保禄•维亚尔 (邓明德)이 1898년《撒尼倮倮》라는 글을 파리 천주교 외방 본부 내부 간행물에 발표함. 그 간행물에서 주로 이족 사람들과 이족의 한 가지인 사니(撒尼) 사람들의 시를 인용하였는데, 나중에 미국·중국 학자들의 고증을 거쳐『아스마』임을 알게 되었음. 이것이 지금까지 찾을 수 있었던 아스마에 관한 첫 번째 정리와 외국어 번역이다.

— 먼저 음악가 양방(杨放) 교수가 1949년 구이산 지역에 들어와 가사 일부를 중국어 장시 "아스마"로 번역하여 1950년 9월호《圭山撒尼人的叙事诗阿斯玛—献给撒尼人的兄弟姊妹们》제목으로 <诗歌与散文(시가와 산문)>에서 출간됨.

같은 해 11월 『新华月报(신화월보)』 제1호에 (원제는 《可怜的阿斯玛》)가 소개됨.

—1953년 10월호 『西南文艺(서남문예)』에 朱德普(주덕보)가 정리한 『美丽的阿斯玛(예쁜 아스마)』가 실림.

1953년 5월 윈난성 인민문공단(云南文工团, 단원: 黃铁、杨智勇、刘绮、刘公)이 사니인(撒尼人)들이 많이 모이는 루난현 구이산 지역을 심층 탐방해 전승 시가 <아스마>를 발굴, 정리하는 작업을 하여, 장시 "아스마"는 《阿诗玛—撒尼人叙事诗》라는 제목으로 1954년 1월 30일 『운남일보』 및 전국 각 간행물에 등재되었습니다. 총 21부의 원시 자료를 발굴하여 정리하여 윈난 인민출판사, 중국 청년출판사, 인민문학출판사, 소년·아동출판사 등 여러 출판사에서 출판하였는데, 이 "아스마"가 출판되자, 많은 독자들과 국내외 학자들의 큰 관심을 불러일으켰습니다.

–1954년 1월 30일 윈난성 인민문공단(云南文工团, 단원:黃铁、杨智勇、刘绮、刘公)이 채록 정리한 『阿诗玛』를 『云南日报(윈난일보)』 자매지 『文艺生活(문예 생활)』(제3호)에 실림. 이를 계기로 영어·불어·러시아어·독일어·일어 등 7개국어로 번역·출판됨,

같은 해 7월에는 윈난인민출판사(云南人民出版社)가 한문 번역(汉文译本) 『아스마– 사니족 사람들의 서사시』 단행본 출판.

같은 해 12월에는 중국청년출판사 한문 번역 단행본 출판.

–1955년 3월 베이징인민문학출판사 한문 번역 단행본 출판.

–1956년 10월 중국소년아동출판사 한역 단행본 출판.

–1957년 외국어 출판사 영어번역본 출판(삽화 황영옥)

–1960년 《阿诗玛—彝族民间叙事诗》인민문학출판사 출간. 作者: 李广田. 依据1953年圭山工作组搜集而来的资料重新整理 中国作家协会昆明分会重新整理)(중국 윈난 인민문공단 소속 구이산(圭山) 회원들이 사니인(撒尼人) 언어를 채록해, 이를 중국어(한문)로 번역하고 중국작가협회 쿤밍(昆明) 지부 재정리함. 이를 텍스트로 에스페란토 번역본(1960년) 나옴.

–1964년 상하이 영화 제작소가 장시 "아스마"를 바탕으로 영화 "아스마"를 각색하여 영화로 제작함.

–1980년 윈난 인민문공단(云南文工团)의 2차 정리본《阿诗玛—撒尼民间叙事诗》이 『中国民间长诗选》(第二集) (중국 민간 장시선(제2집)』에 수록, 상해문예출판사에서 출판.

–1984년 윈난성 취징시(曲靖市) 민족종교사무위원회 - 시문화국- 시문학단체 공동 편찬한 『牵心的歌绳(견심의 노래줄)』 책에 윈난민족대학 교수이자 彝文(이문) 고문 번역전문가 昂自明 번역, 吴承伯 교정한 彝文(이문) 문헌 『阿诗玛』 번역본 수록. 윈난성 스린(石林)현 구이산(圭山) 일대 이족(彝族) 가수들이 부르는 『阿诗玛』가 이 번역본임. 이 번역본은 이문(彝文)· 국제음표·

직역· 의역의 4행체로 되어 있음

—1985년 《阿诗玛》, 중국민간문예출판사에서 이문(彝文)、국제음성기호(国际音标)、한어음역(汉语音译)、한어의역 4행 대조역본(汉语意译四行对照译本)의 형태로 출간.

—1999년 7월 『阿诗玛—彝·汉·英·日 對照/黃建明等編易』 —北京中國文學出版社 출판.

일본에서도 『阿诗玛』(아스마)는 이미 1950년대 말, 1960년대 초에 『阿诗玛』 번역본 3종이 출간되어, 일본에 큰 영향을 미쳤으며, 높은 평가를 받았습니다. 라디오 드라마, 연극, 아동극 공연으로 이어졌고, 2002년에는 여성 번역가들이 『阿诗玛』 번역본을 추가로 1종 출판했습니다.

—1957년 11월 중국근대시 연구자이자 시인 字田礼(阿部俊明)가 『阿诗玛』를 번역, 동방미래출판사에서 출간함. 인민문학출판사의 1954년판 『아스마— 사니족 사람들의 서사시』를 모본으로 삼았다.

—1960년 6월 유명 중국문학 연구자 松枝茂夫가 『阿诗玛』를 번역, 《应山歌姑娘》이름으로 동경강단사에서 출판. 松枝茂夫의 "아스마"는 "《回声公主》(메아리공주)"라는 제목으로 安藤一郎가 펴낸 『세계동화문학전집』 제14권 "중국동화집"에 재수록됨.

1961년 2월 23일 일본 도쿄 문화방송 라디오 방송국(NCB)의 '현대극장' 프로그램(유명 각본가

인 木下顺二가 아스마를 라디오극으로 각색)에서 방송. 宇田礼(阿部俊明)의 『阿诗玛』를 모본으로 함,

—1962년 11월 중국고전문학 연구자이자 <금병매>의 번역자인 千田九一이 『阿诗玛』을 번역, 『중국현대문학선집』[제19집]으로 도쿄평범사에서 출판. 청년출판사의 1957년판 양영청의 삽화와 1957년의 외국어출판사의 영어번역본 **황영옥**의 판화를 인용함.

—1996년 7월 극단 <People's theater)>에서 처음으로 "아스마"를 공연하였는데, '아스마—사랑과 용기의 환상곡'이라는 제목으로 뮤지컬 형식으로 공연.

—1996년부터 일본의 여러 학교에 "山毛榉之树"(Buna no ki) 아동극단이 "아스마"를 공연함. 공연 시간은 90분이며, 중국 작품으로는 "아스마"가 유일하다. 이 극단이 '아스마'를 선택한 이유는 첫째, 윈난이 일본의 뿌리라고 여겨지는 문화가 많아 일본 아이들에게 윈난 문화를 알릴 필요성, 둘째, 현대사회의 진정한 풍요는 물질적인 것이 아니라 정신적인 것이어야 하며, 아스마는 매우 풍부한 정신문명을 가지고 있어 일본 아이들은 중국 윈난성의 대산의 소리에 귀를 기울일 필요성. 셋째, 일본에서 외국이라고 하면 아이들이 가장 먼저 미국을 생각하기에, 21세기 책임자로서 일본

인들은 아시아의 다른 민족 문화를 먼저 이해하고 존중하며 수용해야 할 필요성 때문이라고 한다. 당시 어린이들에게 많은 인기를 얻었음,

—2002년 여성 번역가 梅谷纪子, 邓庆真의 번역으로 『阿诗玛』, 日本奈良女子大学图书馆에서 출판.

『阿诗玛』는 중국 민족들의 사랑을 받았을 뿐만 아니라 영어·일어·불어·러시아어·독일어·체코어·루마니아어·에스페란토·한국어 등 30여 종의 언어로도 번역·출판되어 세계 여러 나라에 소개되면서 국제적 명성을 얻었으며, 세계문학 명저로 명성을 떨쳤습니다

—특히『아스마』는 중국 내에서는 『아스마』를 소재로 다른 예술 형식으로 각색된 작품들이 스크린이나 무대에 오르기도 하였다, 이를테면 **경극** "아헤이와 아스마", **영화**, **무용극**, **이족 중 사니인**의 "《阿诗玛》(아스마)" 등이 있다.

1992년에는 윈난성 가무단에 의해 민족무용극 "《阿诗玛》 아스마"가 제3회 중국예술제에서 공연되었다. 베이징·상하이·홍콩·대만 등지에 초청되어 공연되어 성공을 거두었으며, 널리 애호되고 호평을 받아 국가문화부 "문화' 대상(大賞), 중국공산당 중앙선전부의 "5개 공정" 상, "중화민족 20세기무용 경전 금상장"을 차례로 수상하였다.

2006년에는 <彝文文献版本>(이문 문헌 판

본)과 구술 번역본 《阿诗玛》가 국가문화부, 국가 민족 사무 위원회 비준을 받아 제1차 국가 무형 문화유산 보호 목록에 등재됨.

2008년에는 毕华玉(비화옥)、王玉芳(왕옥방) 두 사람이 국가문화부, 국가 민족 사무 위원회 비준을 받아 제2차 국가 무형 문화유산 《阿诗玛》 문화 전수자로 등재됨.

-2012년 윈난성 추슝 이족 자치주 인민정부(云南省楚雄彝族自治州人民政府)가 펴낸 『彝族毕摩经典译注(이족삐모경전역주)』[제96권]에 《阿诗玛》(아스마) 실림(윈난 민족출판사(云南民族出版社, 2012).

-기타 중국 내 출간 자료는 다음과 같습니다.[35]

(彝文) (简体中文) (英文) (日語) 黄建明; 普卫华; 曾国品; 西胁隆夫. 《阿诗玛》. 北京: 中国文学出版社. 1999年7月. ISBN 7-5071-0374-9.

(简体中文) 赵德光 主编. 《阿诗玛原始资料汇编》. 昆明: 云南民族出版社. 2003年. ISBN 978-7-5367-2471-6.

(简体中文) 赵德光 主编. 《阿诗玛文献汇编》. 昆明: 云南民族出版社. 2003年. ISBN

35) *역주: https://zh.wikipedia.org/wiki/%E9%98%BF%E8%AF%97%E7%8E%9B

978-7-5367-2606-2.

(简体中文) 黄建明. 《阿诗玛论析》. 昆明: 云南民族出版社. 2004年7月. ISBN 978-7-5367-2958-2.

(简体中文) 赵德光. 《阿诗玛文化重构论》. 北京: 中国社会科学出版社. 2005年7月. ISBN 7-5004-5171-7.

(简体中文) 昆明市路南彝族自治县志编纂委员会. 《路南彝族自治县志》. 昆明: 云南民族出版社. 1996年11月. ISBN 7-5367-1294-4.

(简体中文) 赵德光 主编. 《阿诗玛国际学术研讨会论文集》. 昆明: 云南民族出版社. 2006年1月. ISBN 978-7-5367-3456-2.

「阿诗玛」(아스마) 시가의 국내 연구

*중심과 주변의 허구 – 이족 서사시 <아스마> 정리본 고찰, 류창진, 중국인문학회 중국인문과학 제37집(2007.12), pp.385–406

* 「阿诗玛」中彝族撒尼文化之初探, 김정욱 陸馨, 중국인문학회 중국인문과학 제37집(2007.12) pp. 613 – 628[36)]

---

36) *역주: 초록에 따르면, 「아스마(阿詩瑪)」는 윈난(雲南) 이족(彝族) 사니인(撒尼人)의 민간 서사시이다. 이 글은 「아스마」에 나타난 이족 사니인 문화 중 1) 이족의 전통 가족 관념("외삼촌이 집안의 우두머리이다"), 2) 이족의 계층별 족내혼(族內婚), 3) 이족의 종교 문화를 중심으로 서술함. 먼저, 이족 문화 중 「아스마」 에 나타난 "외삼촌이 집안의 우두머리이다"는 가족 관념의 체현 양상을 살펴봄. 다음으로 이 서사시가 바이이(白彝) 계층에서는 전해지고 있지만 헤이이(黑彝) 계층에는 전해지지 않았던 독특한 전래 양상을 살펴봄. 마지막으로 이족의 종교 문화와 관련하여 이족 사니인의 사상에 내포된 자연 숭배와 조상 숭배 관념을 「아스마」의 내용과 연계하여 고찰하여 봄. 결국, 「아스마」는 족외혼(族外婚)이 등장하자 족내혼이 가능했던 원시 婚俗 문화에 대한 향수(nostalgia)에서 비롯되어 애창되었음. 이후,

*「阿詩瑪」의 詩的 原型과 영상 서사 연구(上), 김정욱, 중국인문학회 중국인문과학 제39집(2008.08) pp. 337 - 350

*「阿詩瑪」의 詩的 原型과 영상 서사 연구(下), 김정욱, 중국인문학회 중국인문과학 제40집(2008.12) pp. 585 - 602

부계 사회가 발전함에 따라 이족의 혼인 관념은 "외삼촌이 집안의 우두머리이다"는 사상과 융합하여 사니 문화 속으로 스며들었다. 점차 이족 내부의 계층(class) 분화가 가속화되면서 족외/階層婚(等級內婚制/의 혼속은 더욱 강화되어 나타난다.

그러면서 자유 혼인을 열망하던 사니인들은 이같은 婚俗에 대한 불만을 토로하기 위해서 「아스마」에 대한 서사적 재구성을 자연스럽게 시도하였던 것임. 명청(明淸) 시기에 재야로 물러났던 사니인 삐모(畢摩)들이 이를 장시(長詩) 형식으로 다시 정리하였고, 「아스마」는 종교를 숭상하던 사니인들의 대표적인 명곡으로 전래되어 왔음. (자료는 http://www.earticle.net/Public/View/5/1934766에서 가져 옴).

『 진달래 출판사 간행목록 』

율리안 모데스트의 에스페란토 원작 소설

- 에한대역본

『바다별』, 『사랑과 증오』, 『꿈의 사냥꾼』

『내 목소리를 잊지 마세요』, 『살인경고』

『상어와 함께 춤을』, 『수수께끼의 보물』

『고요한 아침』, 『공원에서의 살인』

『철(鐵) 새』, 『인생의 오솔길을 지나』

『5월 비』, 『브라운 박사는 우리 안에 산다』

『신비로운 빛』, 『살인자를 찾지 마라』

『황금의 포세이돈』, 『세기의 발명』

『꿈속에서 헤매기』,

클로드 피롱의 에스페란토 원작 소설

- 에한대역본

『게르다가 사라졌다』, 『백작 부인의 납치』

이낙기 번역가의 에스페란토 번역서

- 에한대역본

『오가이 단편선집』, 『체르노빌1, 2』